À PROPOS DE L'AUTRICE

Ana T. Drew est l'esprit tordu qui se cache derrière la récente vague de meurtres survenus dans la petite ville de Beldoc. Lorsqu'elle n'est pas en train d'écrire, vous la trouverez peut-être en train de concocter des cookies – c'est d'ailleurs durant un atelier de pâtisserie qu'est né le personnage des *Enquêtes de Julie*. Elle vit à Paris, mais son cœur est en Provence.

Le macaron meurtrier

De la même autrice

Le Karma carnassier

ANA T. DREW

Le macaron meurtrier

roman

Harper
Collins
POCHE

HARPERCOLLINS FRANCE

83-85, boulevard Vincent-Auriol, 75646 PARIS CEDEX 13
Tél. : 01 42 16 63 63

www.harpercollins.fr

ISBN 979-1-0339-1197-5

1

— Y a des gens qui préfèrent mourir chez les autres, me lance Flo. On n'y peut rien, Julie ! Arrête de faire la tête, c'est mauvais pour les affaires.

Sur ce, elle quitte ma boutique avec un petit salut de la main.

Suivant les encouragements discutables de ma jeune sœur, je saisis une boîte de macarons à la pistache et je commence à l'emballer.

La porte d'entrée tinte, annonçant un nouveau client.

Je m'efforce de redresser les coins de ma bouche afin d'orner mon visage d'un sourire que j'espère professionnel. Mais mon sourire s'efface lorsque je vois qui entre dans la boutique. L'homme sur le seuil n'est pas un client, mais un flic : le capitaine Gabriel Adinian de la gendarmerie de Beldoc. Et accessoirement, celui qui enquête sur la mort de Maurice Sauve.

Les bras serrés autour de moi, je tente de contenir le frisson soudain qui me parcourt en ce doux après-midi de juin.

Ce pauvre homme !

Nous quitter si vite, et si irrémédiablement ! Et au pire moment possible ! Pas seulement de mon point de vue, même si je ne peux nier que j'aurais apprécié que sa crise cardiaque ait lieu avant ou après mon cours de préparation de macarons. Mais sous un angle moins égoïste, le moment était tout aussi mal choisi pour Maurice. Au début de mon cours, j'avais demandé à chacun des participants de nous faire partager quelques mots sur eux, et Maurice avait confié traverser une longue crise de la cinquantaine dont il voyait enfin le bout.

Il avait déclaré s'être embarqué dans la quête d'un sens à sa vie, après avoir réalisé deux ans plus tôt que trier du courrier à La Poste n'était pas son truc. Un an de bénévolat auprès de la Croix-Rouge en Asie du Sud-Est l'avait convaincu que cela ne lui convenait pas non plus. De retour à Beldoc, il avait touché un peu à tout, de la musique en passant par le boursicotage. Récemment, il avait découvert l'art de la pâtisserie.

Je me souviens comme il s'enthousiasmait en concluant sa présentation : « J'ai un bon feeling, là ! »

Vingt minutes plus tard, il grimaçait et s'effondrait sur le sol, mort.

Prise d'un tremblement, je me frictionne les bras.

Alors que le capitaine Adinian s'approche, j'examine son visage. Ses traits sont plus qu'irréguliers. En théorie, aucune femme ne le trouverait beau… À moins d'avoir passé une année à étudier les iguanes sur une île déserte.

En pratique, la question de sa beauté est plus compliquée.

La structure globale de son visage compense les défauts des traits individuels. Son nez proéminent et sa bouche sont assortis à sa mâchoire ferme et carrée qu'une barbe de trois jours ne parvient pas à masquer. Ses sombres yeux bruns sont magnétiques. Il dégage une virilité naturelle et désinvolte.

Du calme, Julie !

C'est juste la réaction viscérale d'une trentenaire qui trouve un gars sexy. Ça passera dans un instant. D'ailleurs, je ne le trouve pas sexy. Et, étant donné son attitude lors de notre première rencontre hier soir, je ne l'apprécie même pas.

Le capitaine Adinian s'arrête en face de moi au niveau du comptoir.

Une pensée me traverse l'esprit. Et si sa visite ne concernait pas Maurice Sauve ? S'il était simplement venu acheter un de mes assortiments de confiseries ?

Très drôle. Voilà l'idée la plus ridicule que je n'aie jamais eue. Et faites-moi confiance, des idées ridicules, j'en ai eu un paquet.

Adinian m'observe et marmonne quelque chose d'incompréhensible, que je feins d'interpréter comme un : « Bonjour, madame Cavallo », et non comme un : « Vous ne pensiez tout de même pas que j'en avais fini avec vous ? »

Cette dernière option est toutefois plus probable – Flo en conviendrait, j'en suis sûre. Ma petite sœur aime à dire que quand on photoshoppe mentalement les défauts des gens, on finit par s'entourer d'amis toujours prêts à nous poignarder dans le dos. À vingt-deux ans, elle déborde toujours d'une sagesse acerbe d'adolescente qu'elle sème à tout vent.

— « Les Délices sans gluten de Julie », dit Adinian en référence à l'enseigne au-dessus de l'entrée. Mais ici à Beldoc, on aime notre gluten, nous.

Sympa comme manière de briser la glace !

Mon émoi se dissipe tandis qu'il confirme grossièrement mon opinion à son sujet : ce n'est qu'un plouc malpoli.

— J'ai peut-être passé la moitié de ma vie à Paris, dis-je en plantant mes yeux dans les siens, mais je suis beldocienne, tout comme vous. Vous seriez surpris par le nombre d'habitants de la ville qui sont allergiques ou intolérants au gluten.

En ce qui me concerne, je ne suis ni l'un, ni l'autre. Mais pour des questions de cohérence, j'ai arrêté de consommer des produits à base de blé dès que j'ai décidé d'ouvrir une boulangerie-pâtisserie sans gluten.

— Évidemment, répond Adinian, impassible.

Il jette alors un œil çà et là, comme s'il essayait de repérer des fanas de sans-gluten embusqués dans ma boutique vide.

Non mais quel culot !

Si seulement Rose était là ce matin ! Elle secouerait son impeccable carré argenté et arquerait un sourcil parfaitement dessiné. « Et les bonnes manières, jeune homme ? » lui lancerait-elle de son ton le plus huppé en le toisant. Ma grand-mère irait même jusqu'à lui demander de sortir afin qu'il refasse son entrée, et poliment, cette fois.

Et vous savez quoi ? Il s'exécuterait. Rose a ce petit quelque chose qui pousse les gens, les animaux et les plantes vertes à lui faire plaisir.

Éric sort de la cuisine.

— Les coques des macarons vanille sont prêtes, cheffe. Vous voulez les vérifier avant que je les enfourne ?

— Non, pas besoin, c'est bon, dis-je à mon sous-chef avant de me tourner de nouveau vers le capitaine Adinian.

— Nous penchons pour une mort naturelle, déclare Adinian sans autre forme de transition.

Je hoche brièvement la tête.

— La famille de M. Sauve affirme qu'il subissait beaucoup de stress ces deux dernières années, ajoute-t-il. Trop de bière, pas assez de sport. Ils craignaient qu'il ne finisse par faire un infarctus.

— Sa *famille* ?

Je croyais que Maurice Sauve était célibataire. Ceci dit, je le connaissais peu.

Adinian s'appuie sur le comptoir.

— Sa cousine vit dans la même rue.

— Ah, d'accord.

Il se tourne à moitié vers la porte, se gratte l'arrière de la tête puis se tourne vers moi de nouveau.

— Pouvez-vous à nouveau me raconter ce qui s'est passé hier soir ? Tout ce dont vous vous souvenez ?

— Euh... Encore ? Mais pourquoi ? Je croyais que vous aviez dit que la piste criminelle était écartée ?

La perspective de revivre ces moments ne m'attire pas franchement.

— Ce n'est qu'une formalité, répond-il. Je dois terminer mon rapport, et je veux être sûr d'avoir bien consigné tous les détails.

Mes épaules s'affaissent.

— OK.

Il se dirige vers le coin salon, se laisse lourdement choir sur l'une des chaises bistro vintage que j'ai dénichées, et m'en désigne une autre.

— Asseyez-vous.

Ça va, tu te crois chez toi, là ?

Essayant de cacher mon irritation, je m'assois en face de lui et raconte une nouvelle fois la triste histoire de mon cours de macarons de la veille au déroulé imprévu.

Il m'écoute, prenant à peine quelques notes.

Lorsque j'arrive au moment où je demande à mes élèves de mélanger les ingrédients que je leur ai préparés, le capitaine Adinian se penche plus en avant.

— Qui a préparé et distribué les ingrédients ?

— C'est moi.

— Quand ?

— Peu avant le début du cours.

— Avez-vous quitté la boutique après avoir tout préparé ? Même brièvement ? demande-t-il.

— Non.

Il gribouille quelque chose dans son calepin.

— Poursuivez, je vous prie.

— La plupart des participants avait du mal à faire monter leur ganache, dis-je. Certains ont abandonné en disant que c'était impossible sans batteur électrique.

— Maurice Sauve a-t-il abandonné ?

— Non, c'est même tout le contraire. Il fouettait sans relâche, changeait parfois de main, mais n'a fait aucune pause. Il a été le premier à finir.

Le capitaine Adinian note cette information.

— Je lui ai donné ceci, dis-je en montrant à Adinian le reste des badges que Flo avait fabriqués pour le cours.

— « Futur chef pâtissier », lit-il à voix haute.

— Et puis je suis passée dans les rangs pour montrer à tout le monde l'admirable consistance de sa ganache.

— Avez-vous alors remarqué quelque chose d'inhabituel ?

Je lève les yeux au plafond, me revoyant complimenter Maurice sur sa ganache ferme et satinée, les autres élèves qui manifestaient leur approbation, et lui, tout sourire, visiblement ravi. Mais il ne faisait pas que sourire, il… La panique me serre la gorge. Je me concentre sur son visage. Il était à bout de souffle.

Oh mon Dieu.

Je couvre ma bouche.

— Et s'il avait fouetté trop fort ? Et si c'était cela qui avait provoqué sa crise cardiaque ?

— Une séance d'entraînement intensif, surtout dans un froid glacial, peut provoquer une crise cardiaque, dit Adinian.

— Il fouettait de toutes ses forces…

— Madame Cavallo, jamais je n'ai vu quelqu'un fouetter une pâte au point d'en mourir.

Nous restons silencieux un moment. Puis le capitaine me fait signe de continuer en levant son calepin.

— Je lui ai redonné son bol, expliqué-je. Il a trempé le bout de son doigt dans la ganache puis l'a léchée, quand bien même j'avais déconseillé de le faire au début du cours.

Le capitaine Adinian me regarde de travers.

— Vous n'aviez pas mentionné cette anecdote de goûter la pâte la nuit dernière.

— Ah non ?

Il secoue la tête.

— Y aurait-il une chance que vous ayez toujours la pâte de M. Sauve ?

Oups.

Me mordillant les lèvres, je lui lance un regard désolé.

— Éric et moi avons tout lavé et nettoyé ce matin avant d'ouvrir la boutique.

Adinian me dévisage, insondable.

— Ce n'est pas grave.

— Comment cela ?

— Ce matin, j'ai effectué quelques vérifications d'usage sur l'ensemble des personnes présentes hier soir, en me basant sur votre liste. Y compris Éric et vous.

— Et ?

— Aucun lien avec le défunt et absolument aucun mobile, dit-il en reculant dans sa chaise. Comme je l'ai dit, tout laisse à penser à une mort naturelle.

Je suis soulagée de l'entendre. C'est déjà pénible d'avoir un mort dans ma boutique, mais un assassinat aurait été bien pire.

Le capitaine Adinian se lève.

— Merci de m'avoir accordé un peu de votre temps.

L'instant d'après, il est dehors.

Je me remets à l'emballage de ma boîte. Mes pensées emmêlées m'exaspèrent. Je ferais mieux de les mettre à plat si je veux passer à autre chose.

Voyons…

La mauvaise nouvelle : un homme a eu une crise cardiaque dans ma pâtisserie hier, à peine un mois après l'ouverture de celle-ci. J'ai tout tenté pour le sauver. Avec l'aide de l'un des élèves, nous avons essayé de lui prodiguer un massage cardiaque, mais rien n'y a fait. Il est mort… Tout comme cet autre décès que je n'avais pu empêcher.

J'avais espéré que cela ne m'arrive plus jamais ! J'avais espéré ne jamais voir quelqu'un mourir sous mes yeux sans pouvoir faire quoi que ce soit.

Y a-t-il une bonne nouvelle pour me consoler ? Euh… Il est probablement trop tôt pour le dire, mais la mort de Maurice Sauve pourrait bien n'avoir aucun effet sur le démarrage de mon entreprise. Il est aussi trop tôt pour savoir si j'aurais à nouveau besoin de consulter un psy. Je les ai en horreur. En plus, je n'ai plus de temps à leur consacrer.

C'est vraiment tout ? Parce qu'on dirait bien qu'il n'y a que des mauvaises nouvelles.

Une voix familière me perce les oreilles. Magda, la propriétaire d'une boutique spécialisée dans la lavande nommée Rêve de Lavande, fort à propos, s'est lancée dans un argumentaire de vente. Sa boutique vend des parfums, des bouquets et des sachets de lavande séchée, ainsi que des sacs à main, des chaussures, des bijoux fantaisie et des vêtements. Nos portes sont toutes deux ouvertes, et Magda parle suffisamment fort pour que je l'entende. Je m'accroche à chacun de ses mots.

La vache, elle est douée !

Quand elle en a terminé, le client quitte sa boutique avec trois grands sacs « Rêve de Lavande » sous le bras. Il passe devant mon seuil sans même un regard. Je serais prête à parier qu'il était entré chez Magda pour acheter un savon ou juste pour un coup d'œil ! Et sa magie a opéré. Je n'ai jamais encore vu quiconque entrer dans sa boutique et en ressortir les mains vides.

La prochaine fois, je prends des notes !

Le client parti, Magda monte le volume. Même si sa musique n'est pas déplaisante, Magda fait tourner cet album en boucle depuis un mois – quasiment depuis que j'ai ouvert.

La semaine dernière, je suis passée lui offrir une compilation que j'avais préparée à son intention avec des musiques dans son genre préféré. C'était pour amener un brin de variété, lui avais-je dit. Avec le recul, j'aurais dû m'abstenir. Magda a dû interpréter mon geste amical comme une provocation, comme une notification de ma part que notre hostilité latente passait au stade de guerre déclarée. Non seulement elle ne m'a pas remerciée pour ce cadeau, mais depuis, elle met son propre album encore plus fort.

Je crois qu'elle me déteste.

Si seulement je pouvais remonter le temps d'une semaine pour effacer mon faux pas ! Quoiqu'un mois entier serait encore mieux. Si je pouvais mettre le doigt sur ce que j'ai fait de mal le jour de notre rencontre, et qui nous a fait démarrer du mauvais pied, je pourrais peut-être le rectifier.

Un autre client entre dans la boutique de Magda. Elle baisse le volume.

Je noue un ruban rouge à la boîte de macarons et fais boucler les extrémités à l'aide des ciseaux.

OK, où en étais-je avant que Magda vienne interrompre le fil de mes pensées ? Ah oui ! Essayer de voir le côté positif. Il doit bien y avoir quelque chose de positif dans tout cela, un petit rayon de soleil ! Deux minutes… Je pense avoir trouvé !

Ni Éric ni moi ne sommes suspects. Le capitaine Adinian a écarté la piste criminelle. Il croit que Maurice Sauve est mort de mort naturelle.

Il a tort.

2

Effrayée à cette pensée, je me fige.

C'est à ce moment-là qu'arrive le *cinémagraphe*, une photo mouvante qui envahit ma tête. Mon corps est toujours dans la boutique mais mon esprit est transporté dans un autre lieu, un autre temps. Une partie de moi reste ancrée dans la réalité, comme les fois précédentes. Je suis semi-consciente de mon hallucination, mais la scène qui se joue a l'air si réelle que j'ai du mal à ne pas me laisser emporter par le rêve.

J'aperçois Maurice Sauve dans une cuisine. Est-ce que c'est chez lui ?

Je me trouve à côté de lui, juste en dessous du plafond, quelque part entre le luminaire et les armoires. Je ne suis pas sûre de savoir ce que je suis censée être dans ce délire, mais je suis complètement invisible. De là où je suis, je vois clairement Maurice servir un verre de vin à quelqu'un de l'autre côté de l'îlot de la cuisine, puis s'en servir un pour lui-même.

Avec qui est-il ? La seule chose que j'arrive à distinguer, c'est une main floue posée sur le comptoir de granit.

Je me secoue et me tords comme je peux mais je n'arrive pas à me déplacer. Franchement, à quoi ça sert d'être un fantôme dans un rêve si je ne peux pas me déplacer à ma guise ?

Maurice porte un chandail de laine verte et son visage est encadré par une belle petite barbe. Au cours d'hier soir, il n'avait pas de barbe.

Est-ce que cette scène se passe en hiver ? L'hiver dernier peut-être ?

Hé, petit génie ! C'est une hallucination, ce n'est pas censé être cohérent. Maurice porte une barbe et un chandail vert parce que mon subconscient a trouvé drôle de l'imaginer comme ça.

Il attrape son verre. La scène est si saisissante que toute l'autodérision du monde ne pourrait diminuer son impact. Tout mon être est concentré sur cette situation on ne peut plus banale, et qui semble tout de même avoir son importance.

— Sois mignon et va nous chercher un truc à grignoter pour accompagner le vin, lui demande son invitée.

Sa voix est tellement distordue qu'on dirait qu'elle sort tout droit d'un vieux gramophone perdu au fond d'une grotte.

Maurice s'approche d'une étagère accrochée au mur. La femme – je suis presque sûre que c'est une femme – tire une petite fiole de son sac et la verse dans son verre.

C'est quoi ce truc ? Est-ce qu'elle vient juste de verser de la drogue dans son verre ?

De retour à ses côtés, Maurice place un bol de cacahuètes et un autre d'olives en face d'elle.

— Pardon, ça fait négligé.

Appelle-la par son nom, mec ! J'ai besoin d'un nom !

— C'est bon, dit-elle. Je ne t'en veux pas.

Ils trinquent et boivent.

Mon moi désincarné retient son souffle spectral.

La scène vacille, se transforme en une onde qui crépite et se désintègre, comme les fois précédentes. L'intégralité de mon esprit revient au lieu et à l'instant présent, accompagné d'une pensée : Maurice Sauve a été empoisonné.

Non, non, non ! J'vais pas replonger maintenant !

J'ai passé des années à me persuader et à payer des psys dans le but de me convaincre que j'étais normale. Je me suis disputée avec ma sœur jumelle parce qu'elle insistait sur le fait que quelque chose de surnaturel s'était produit après notre accident et que ses visions du futur étaient vraies. Elle n'est pas au courant de mes visions du passé

– ce que j'appelle « mes *cinémagraphes* » – personne n'est au courant. Je les garde pour moi parce que j'ai choisi la raison, et la raison me dit que cet accident ne nous a pas donné d'aptitudes spéciales. La triste vérité, c'est que cela a endommagé notre relation.

Éric sort de la cuisine et me pose une question. Je réponds « oui » mécaniquement. Ça ressemblait à une question à laquelle on pouvait répondre par oui ou par non. Mais mes neurones étaient absorbés par autre chose :

Est-ce que tous les efforts mis en thérapie se sont envolés en un claquement de doigts ?

Le *cinémagraphe* que j'ai eu m'a-t-il fait soudainement changer d'avis ? Est-ce que j'y crois maintenant ? Suis-je en train de remettre en cause les conclusions d'un spécialiste concernant la mort de Maurice Sauve, simplement parce que j'ai reçu une bizarre carte postale du passé ?

Impossible.

Personne ne change d'avis et personne n'est en train de se transformer en médium à moitié dingue. On se ressaisit, et on tient le coup.

La cloche d'entrée tinte comme pour marquer ma résolution. Une femme rondelette d'âge moyen, vêtue d'un pantalon bleu marine et d'un T-shirt, entre dans la boutique.

Éric tend l'oreille.

— Bonjour madame !

— Bonjour.

La femme scanne les lieux du regard.

— Donc c'est ici que le pauvre Maurice a fait sa crise cardiaque.

Éric et moi échangeons un regard. *Les mauvaises nouvelles vont vite.*

J'ignore son commentaire et d'un sourire optimiste, je lui indique la vitrine qu'Éric a arrangée ce matin.

— Quel délice ferait plaisir à madame aujourd'hui ?

— Oh ! rien, dit-elle ignorant ma maladroite tentative marketing, je ne peux pas me permettre vos *délices*.

— Nos ingrédients sont de première qualité et tout est fait maison, madame, dit Éric en redressant ses épaules, visiblement piqué. Vous seriez surprise de voir à quel point nos marges sont faibles.

Aussi tentant que soit l'étude détaillée de nos bilans comptables, je m'abstiens et lui tends un petit cannelé à la place.

— Offert par la maison.

Elle hésite.

— Cela ne vous engage à rien, dis-je. Je n'attends pas de vous que vous achetiez quelque chose en retour. Mangez donc et dites-moi ce que vous en pensez.

Elle ne veut toujours pas prendre la pâtisserie. C'est là que je réalise que son hésitation n'a rien à voir avec le piège de la réciprocité, mais plutôt avec ce qui est arrivé à Maurice.

Oh non, non, non et non ! C'est la dernière chose dont j'ai besoin en ce moment !

À l'instant où je commence à retirer ma main, la femme saisit le petit cylindre et l'enfourne dans sa bouche.

— Mmm… Délicieux…

A-t-elle su apprécier à la fois l'intérieur doux et crémeux et l'extérieur croquant à souhait ? A-t-elle remarqué l'absence totale de poche d'air ? Les cannelés sont un peu ma fierté, je les réussis quasiment à coup sûr.

— Notre but, dit Éric, est d'offrir des pâtisseries sans gluten qui ont un meilleur goût et un plus bel aspect que les plus traditionnelles.

Le regard de la femme se vide en entendant l'expression « sans gluten ».

— Nous nous spécialisons dans les pâtisseries sans farine de blé, expliqué-je.

— Fantastique, fantastique, marmonne-t-elle, tout en surveillant la boutique. Merci pour le cannelé, jeunes gens ! Bon bah, je vais y aller.

Je lui souhaite un bon week-end et la regarde se diriger vers la sortie. Mais au lieu de partir, elle s'écarte sur la gauche et scrute les étalages de marchandises.

— Je m'appelle Pascale, dit-elle. J'habite à côté des Sauve depuis les années 1970.

Éric répond avec un sourire fugace. Il se tourne vers la porte pour signifier à Pascale la sortie.

À ma propre surprise, je n'ai pas envie qu'elle parte tout de suite. Je voudrais qu'elle me parle un peu de Maurice Sauve. C'est uniquement par curiosité, me dis-je, rien à voir avec le *cinémagraphe*.

— Je m'appelle Julie, et voici Éric, dis-je en pointant mon sous-chef. Vous connaissiez bien les Sauve ?

— Bien sûr ! Mes parents ont emménagé à côté de chez eux quand j'avais douze ans. Il avait seulement deux ans de moins que moi.

— Vous étiez proches ?

— On était dans la même école et nos mères étaient amies. La mienne est partie en premier.

— Je suis désolée, dis-je.

Elle agite la main.

— Ça fait longtemps maintenant. Quand j'ai eu mon premier enfant, je suis revenue dans la maison de ma mère, la même année où Maurice a commencé à travailler à La Poste.

— C'est vrai qu'il avait parlé de La Poste quand il s'est présenté, dis-je.

— Il y a travaillé pendant presque vingt-cinq ans. D'ailleurs, c'est là qu'il a rencontré sa femme.

— Maurice était marié ?

Je sais que ce ne sont pas mes affaires, mais ça semblait tellement bizarre qu'il n'ait jamais parlé de sa femme. Je suis quasiment sûre qu'il ne portait pas d'alliance non plus.

— Son ex-femme, corrige Pascale. Nadia et lui ont divorcé il y a deux ans, après plus de dix ans passés ensemble.

Incapable de m'en empêcher, je poursuis avec une autre question indiscrète :

— Ils avaient des enfants ?

— Nadia oui, un garçon qui s'appelait Kévin. Il avait quoi, six ou sept ans quand elle a rencontré Maurice, et il était plutôt gentil avec lui, répond Pascale.

D'une certaine façon, ça me fait plaisir d'entendre ça.

— Il avait l'air d'être quelque de bien, dis-je.

Pascale acquiesce, avant de marmonner :

— Sauf quand il ne l'était pas... Bref, sa mère, Huguette, paix à son âme, adorait le garçon. Elle a tout fait pour persuader Maurice de sauver leur mariage.

— Pourquoi ont-ils divorcé ?

Je peux sentir le regard interrogateur d'Éric sur moi. Il doit se demander pourquoi je m'intéresse tant à la vie de Maurice.

C'est vrai ça, pourquoi ?

— Je mets ça sur le compte de la crise de la cinquantaine de Maurice, explique Pascale, manifestement ravie de m'éclairer. C'est ce que Huguette pensait aussi. Vous voyez, Nadia est plus âgée que lui, et elle a l'air d'avoir son âge.

Malgré moi, je me sens désolée pour cette Nadia, sans jamais l'avoir rencontrée. Est-ce de la solidarité féminine ? Ou alors de l'empathie humaine plus générale ? Peu importe la cause, la belle image que j'avais de Maurice se craquèle de multiples petites fissures en forme de toile d'araignée.

— Quand Maurice a eu cinquante ans, continue Pascale, il a décidé que c'était sa dernière chance de séduire une jeune fille qui voudrait bien lui donner un enfant. Il a demandé le divorce, même si ça a brisé le cœur de sa vieille mère.

Éric s'approche d'elle.

— Et finalement, il a réussi à attirer une jolie jeune fille ?

Tiens, tiens, je ne suis pas la seule à m'être laissé envoûter par les sirènes de la curiosité ! Je glisse mes doigts dans les passants de ma ceinture et mordille mes lèvres.

— Pas avant qu'il ne revienne de son séjour humanitaire à l'étranger, dit Pascale. Je crois qu'il a commencé à sortir avec Charline à l'automne dernier.

Éric plisse les yeux.

— Charline comment ? Vous connaissez son nom de famille par hasard ?

Oh là là ! Il ne se laisse pas seulement charmer par les sirènes, il les drague à son tour !

— Pignatel.

— Je la connais ! s'écrie Éric en se tournant vers moi, les yeux brillants. C'est la grande sœur de l'un de mes copains.

— Le monde est petit, dis-je.

— C'est surtout la ville qui est petite, corrige Pascale.

Encouragée par la capitulation d'Éric, j'allonge la laisse qui détenait ma curiosité pour qu'elle puisse flâner librement.

— Quel âge a Charline ?

— Pas plus de vingt-huit ans, répond Éric.

— Elle est jolie ?

Je devrais avoir honte de demander ça. Vraiment.

Pascale laisse échapper un petit bruit à travers sa bouche tordue.

— Ouais, elle est jolie.

— Vous ne l'aimez pas, je commente.

— Elle voulait que Maurice lui passe la bague au doigt, dit Pascale.

— C'est pas ce qu'il comptait faire ? demande Éric.

Pascale remue son index de gauche à droite.

— Il voulait une compagne et un gosse mais il ne cherchait pas à se remarier.

— Peut-être qu'elle était amoureuse, suggéré-je.

Elle roule des yeux.

— Ou qu'elle courait après autre chose, suggère Éric. Un atout de Maurice…

— Lequel ? demande Pascale d'un ton moqueur. Ses cheveux qui prenaient la fuite ou ses maigres économies ?

Il a été commis à La Poste toute sa vie, puis bénévole, et enfin chômeur. Ce n'est pas ça qui l'aurait rendu riche.

— Alors elle devait l'aimer, en conclus-je. Il arrive que des jeunes filles soient attirées par des hommes plus âgés.

— C'est sûrement ça. Malgré…

Pascale couvre sa bouche d'une main. Tiraillée entre deux envies opposées, elle me supplie du regard. Je peux presque entendre le tumulte dans sa tête, tandis qu'elle essaie tant bien que mal de maintenir l'illusion de résister à l'envie de tout balancer.

La vie m'a appris que, face aux secrets, il existe deux types de personnes : les premiers, dont je fais partie avec mes sœurs, mais aussi Rose et apparemment Éric, sont esclaves de leur curiosité. Ils doivent *savoir.* Les seconds, parmi lesquels Pascale, se sentent obligés de partager les informations et brûlent de transmettre ce qu'ils savent aux autres. Bref, ils doivent *parler.*

Ceux qui ne ressentent ni l'un ni l'autre de ces besoins sont aussi rares que ceux qui souffrent des deux.

Au vu de la lutte qui se joue sur le visage de Pascale, je n'essaie même pas d'amorcer une question. Au lieu de cela, je commence un décompte dans ma tête.

Cinq, quatre, trois, deux -

— Charline… Comment dire ? commence Pascale.

Elle ferme les yeux et les rouvre, consciente de sa défaite.

— Elle… ne mettait pas tous ses œufs dans le même panier.

Je fronce les sourcils.

— Comment ça ?

— Je l'ai vue entrer dans la voiture d'un autre homme alors qu'elle sortait avec Maurice, avoue-t-elle.

— Ça ne veut pas dire qu'elle le trompait, l'autre homme pouvait être de sa famille ou un ami.

Pascale me lance un regard du genre « mais bien sûr ».

Une flopée de touristes afflue dans la pâtisserie au même moment. Et – *victoire !* - ils veulent acheter mes pâtisseries ! Ils achètent un total de dix boîtes de chocolats, cinq de macarons, trois meringues géantes, de la crème glacée et une bouteille d'eau.

Éric se démène pour qu'ils restent prendre le café et goûter aux gâteaux mais ils disent être pressés.

Le temps que je salue chacun d'entre eux, Pascale est déjà partie.

3

Flo arrive à 16 heures, prête à tenir le comptoir pour ce qu'elle appelle son « travail de nuit ». Elle me traite aussi de capitaliste sans cœur et d'exploiteuse de la jeunesse fauchée parce que je les paye, Éric et elle, au salaire minimum. Éric et moi savons tous deux que c'est juste pour me taquiner. Mais cela ne l'empêche pas de rappeler systématiquement à ma petite sœur que j'ai investi toutes mes économies dans cette pâtisserie et que je ne me verse aucun salaire.

Flo inspecte le pot à pourboires, enfile son tablier et son filet à cheveux, et se fait un café.

J'enfourche mon vélo et longe la rivière en direction de chez Rose.

Contrairement à Arles, la ville voisine qui snobe le Rhône, Beldoc ne tourne pas le dos à la rivière. Ma ville la prend dans ses bras et lui montre sa reconnaissance par tous les temps. Enfin, surtout quand il fait beau. Les innombrables cafés, restaurants et bancs sur la rive offrent le loisir aux touristes et aux Beldociens d'apprécier le doux murmure de l'eau et le spectacle des bateaux qui passent.

Pendant que je pédale, la tentation de ranimer la vision du *cinémagraphe* que j'ai eue précédemment m'envahit, mais je résiste. C'était seulement une hallucination et je ne me permettrai pas de considérer qu'elle avait un sens caché.

Au croisement suivant, je prends à gauche en laissant la rivière derrière moi. Tandis que je passe devant les boulangeries et les magasins, je ne peux pas m'empêcher de regarder s'ils ont du monde à cette heure de la journée.

J'espère que ma boutique n'est pas complètement déserte en ce moment.

À Paris, le sans-gluten fait fureur, c'est une des grandes modes de la décennie. J'étais convaincue qu'il y avait aussi un marché affamé à Beldoc, et c'est pourquoi j'ai choisi le sans-gluten comme principal argument de vente. Mais peut-être que le marché n'avait pas si faim que ça, et qu'il y a bien une raison pour laquelle il n'y a pas d'autre boulangerie spécialisée en ville.

Une panique que je connais bien me saisit le ventre. Était-ce une erreur de quitter mon boulot stable à la Maison Folette et de délaisser Paris pour cette drôle d'expérience ? Ai-je eu tort d'en vouloir à Bruno pour quelque chose qui pourrissait au fond de mon âme ? Était-ce une tentative mal avisée de fuir mes responsabilités en revenant ici et en investissant toutes mes économies dans cette pâtisserie ?

Vais-je y arriver ou vais-je tout perdre ? Si ça se trouve, à la même époque l'année prochaine, je serai de retour chez Folette la queue entre les jambes…

Julie, on arrête tout de suite ce discours défaitiste !

Je vais y arriver.

Après le brouhaha incessant de Paris, la ville où j'ai grandi me paraît toute petite et toute tranquille. Mais elle ne l'est pas au point de tuer mon business avant même qu'il ait eu une chance de prendre son envol. Rose affirme que Beldoc est de taille parfaite. Elle vit ici depuis toujours et elle connaît tous les humains et tous les canins du coin. Littéralement.

Elle me dit qu'il suffit d'attendre jusqu'à ce qu'assez de Beldociens découvrent mes macarons. À partir de là, toute la ville se ruera dessus, et pas que sur les macarons. Ils achèteront aussi mes chocolats, meringues, cannelés, fondants, éclairs et autres gâteaux. Ils viendront en manger directement dans ma main ! Enfin, au sens figuré.

Même le capitaine Adinian ? Non… Je doute qu'un jour il me mange dans la main, au sens figuré comme au sens littéral. Il m'a l'air plutôt bec salé que sucré.

Quoi qu'il en soit, tout va bien se passer. Les décollages difficiles sont monnaie courante, peu importe le domaine. Donnez-moi un an et vous verrez, ma pâtisserie naviguera sous le ciel bleu de la Provence en mode pilote automatique.

Cinq minutes plus tard, je passe le portail de chez Rose et j'appuie mon vélo contre la clôture.

Sa voix porte depuis la terrasse, ferme et rassurante.

— Et maintenant, aidez vos doguis et vos doguinis à garder la pose. On maintient, et on relâche.

Mince ! Elle n'a pas encore fini son cours de Doga – du yoga pour humains et chiens.

Je fais le tour de la maison jusqu'à la terrasse en bois surélevée protégée par une pergola. Nichée entre la maison et une rangée de magnifiques oliviers, la terrasse offre une vue sur les hautes herbes et les fleurs sauvages d'un jardin faussement négligé. Les vignes enlacent la pergola, filtrant les rayons du soleil couchant dans des jeux d'ombre et de lumière changeants.

Rose appelle cet endroit son havre de paix et d'harmonie. Chaque fois que je la rejoins ici pour le petit déjeuner ou pour une soirée tranquille à bouquiner, je n'ai pas besoin de fermer les yeux ni d'entonner « om » pour que mes ennuis s'en aillent. La magie du lieu s'en occupe à ma place.

Un jour, j'essaierai de transposer ça dans un macaron, en mariant le goût de la cerise, la générosité du rhum et la riche amertume du chocolat.

Je m'approche sur la pointe des pieds et me plante entre la statue de Bouddha et la fontaine chinoise. La séance de Doga de ma grand-mère – unique à Beldoc et ses environs – est aussi épatante que farfelue. Probablement plus farfelue qu'épatante d'ailleurs, pour les non-initiés.

En face de Rose, un groupe de personnes en tenue de yoga sont dispersées sur la terrasse.

Vêtue d'un pantalon de yoga confortable mais moulant et d'un haut en coton doux, ma grand-mère mène ses troupes depuis leur tapis vers le Nirvana.

J'espère que j'aurai son agilité à soixante-quatorze ans !

Des chiens de formes, couleurs et tailles diverses se promènent de personne en personne et bavent sur les tapis. Certains participent aux poses de leurs humains. Un minuscule yorkshire essaie d'accomplir un enchaînement suspect qui implique le bas de son abdomen, un mollet humain et des frottements vigoureux. Ailleurs, un couple d'amoureux se renifle mutuellement le postérieur. Ils remuent la queue, tout contents. Dans un coin, un bouledogue français en surpoids se lance dans un concert de ronflements élaborés.

La plupart des humains sont des femmes grisonnantes, bien coiffées et raffinées, mais nettement moins classe que Rose. Il y a aussi quelques hommes. L'un d'entre eux est le notaire de mamie, Me Serge Guichard, un veuf qui approche des soixante-dix ans et arbore une barbe bien soignée. Grâce à ses honoraires réduits, je lui ai demandé de s'occuper de l'achat de ma boutique. Vu les regards qu'il lance à Rose de temps en temps, je crois savoir pourquoi il s'est montré si généreux.

Le groupe comprend aussi un couple dans la vingtaine. J'ai discuté avec eux la dernière fois que je suis arrivée avant la fin du cours. Ils adorent tous les deux les chiens mais leur appartement est trop petit pour en adopter un. Grâce aux cours de Rose, deux fois par semaine, ils peuvent passer du temps avec les chiens des autres. Selon les instructions de mamie, les yogis et yoginis font leur salutation au soleil, tandis que les doguis et doguinis font… ce qu'ils veulent.

Je repère Lady, le cavalier king charles de Rose. Tandis que mamie exécute sa routine, glissant du cobra à la planche à la position du chien tête en bas, Lady bondit à côté de ses pieds nus qu'elle se met à lécher avec enthousiasme.

Lady est un chien intelligent, classe, avec une personnalité parfaitement en accord avec sa race et son nom. Mais au grand désarroi de Rose, elle est fétichiste… Enfin, disons, qu'elle a un *penchant* pour le léchage d'orteils !

Jusqu'à il y a trois ans, le petit secret était bien gardé dans l'enceinte de la famille. Mais depuis que Rose a lancé ses cours de yoga, dès la première séance, Lady a été démasquée. Elle a léché les pieds de Rose puis ceux de chacun des participants présents ! Rose était mortifiée.

Mais au fil du temps, elle a réalisé que ce n'était pas la fin du monde. Les frasques de Lady n'ont détruit ni le statut social durement gagné de Rose, ni son image publique soigneusement construite. Tout allait bien dans le meilleur des mondes possibles.

Si seulement j'avais le courage de dire à Rose que ce qui la mènera à sa perte sera plutôt son découvert qui ne cesse de grandir ! Même les gens aussi charmants et malins qu'elle ne peuvent indéfiniment vivre au-dessus de leurs moyens.

Le cours s'achève avec de la relaxation et une série de « oms ». Rose demande à ses élèves de tirer doucement sur les pattes de leurs chiens pour les aider à se détendre, puis de les caresser.

— N'oubliez pas, les chiens préfèrent les caresses au torse plutôt qu'au ventre, dit-elle.

Elle remercie ensuite ses élèves humains et canins pour leur excellent travail. Les humains joignent leurs paumes devant leurs poitrines et la saluent. Les chiens, quant à eux, remuent la queue, pressentant des friandises.

Rose s'approche de moi et me fait la bise. Lady me repère aussi et accourt. Debout sur ses pattes arrière, elle laboure mes cuisses de ses pattes avant et s'y frotte le visage. Ses halètements et ses mouvements de queue enthousiastes montrent à quel point elle est heureuse de me voir. Il n'y a pas un seul cœur dans ce monde que Lady n'arriverait pas à faire fondre, je vous jure !

Après en avoir fini avec les embrassades et les caresses, je lève les mains pour empêcher Rose de me poser des questions sur ma journée. Je ne me renseigne pas sur la sienne non plus. On verra ça plus tard.

Là, j'ai une question trop urgente qui ne peut attendre une minute de plus !

4

Je fixe Rose droit dans les yeux.

— T'as regardé *La Fazenda* hier ?

Comme le titre complet de la série est un peu long, *Les passions brûlent dans la Fazenda*, on emploie un raccourci.

— Bien sûr, ma chérie.

— Alors ? Luís-Afonso a-t-il largué Januária pour cette infecte Dionísia ? Elle baisse la tête.

— Eh oui.

— Je le savais ! m'écrié-je, en grimaçant de dégoût. Non mais quel salaud !

Pour des raisons évidentes, la nuit dernière, j'ai raté un épisode de ma *telenovela* brésilienne. C'est Rose qui m'a rendue accro, je l'avoue volontiers. Moi, la fille qui n'a jamais eu de télé de toute sa vie, je passe toutes mes soirées à regarder ce feuilleton. Mais il y a pire : même si c'est cucul la praline à souhait, j'adore ça. Cette série est exactement ce dont j'ai besoin en ce moment précis de ma vie. Avec tous les drames qu'il y a entre les personnages, je n'ai même pas besoin de me rappeler le fiasco de mon mariage pour me sentir contente d'être à nouveau célibataire.

— Comment s'est passée ta journée, ma chérie ? demande Rose en me lançant un regard plein de sympathie.

— Mieux qu'on aurait pu croire, dis-je. On a tout nettoyé ce matin et on a ouvert à la même heure que d'habitude. Ensuite, le gendarme d'hier, le capitaine

Adinian, est revenu me poser des questions et après, la voisine de Maurice Sauve est passée. Elle voulait voir où il était mort. À part ça, la vie suit son cours.

Si on oublie la vision que j'ai eue du meurtre de Maurice.

— Très bien, approuve Rose en m'attirant vers une de ses élèves.

Une quinqua à lunettes avec une coupe à la garçonne me tend la main. « Marie-Josèphe Barral, rédactrice en chef de *Beldoc Live* ».

Je me présente.

— Appelez-moi Marie-Jo, dit-elle. Je n'ai pas encore eu l'occasion de goûter à vos pâtisseries, je viens d'emménager, mais je n'attends que ça !

— Super ! m'exclamé-je. Nos créations sont de première qualité.

— Rose m'a dit que tout était certifié sans gluten.

— C'est exact.

Elle se frotte les mains.

— Excellent ! Julie, vous n'avez pas idée combien j'en suis ravie !

— Vraiment ?

Serait-elle en train de me taquiner comme l'a fait Adinian ?

— Je suis intolérante au gluten, explique-t-elle. D'après ce que m'a dit Rose, votre boutique n'est pas loin de l'endroit où j'habite. Vous allez me voir tous les matins en allant au travail.

Un sourire énorme orne mon visage. J'ai envie de taper dans mes mains et de bondir de joie, mais je fais des efforts pour garder une apparence professionnelle.

Bien joué, Julie !

C'est énorme. Marie-Jo est la première Beldocienne à se montrer sensible à mon principal argument de vente. J'espère qu'elle ne sera pas la dernière.

— J'ai entendu parler de la crise cardiaque de Maurice Sauve, dit-elle en faisant immédiatement retomber mon enthousiasme comme un soufflé. Je suis désolée que ce soit arrivé dans votre boutique.

Je m'entends demander :

— Vous le connaissiez bien ?

— Vous n'allez pas me croire, mais on est sortis ensemble il y a très longtemps, dit-elle. Il était plutôt beau gosse à vingt ans.

— Pas que j'ai pu spécialement le constater, mais il a bien dû conserver un peu de son charme, dis-je, non sans méchanceté. Il avait une liaison avec une femme beaucoup plus jeune que lui.

Marie-Jo n'a pas l'air surprise.

— Nadia était furieuse quand elle a appris qu'il sortait avec Charline ! L'encre sur les papiers de divorce avait à peine séché.

Mes sourcils se haussent.

— Vous connaissez Nadia ?

— Elle a toujours travaillé au bureau de poste du centre-ville, répond Marie-Jo. Je la vois presque tous les jours.

Eh oui, Beldoc est bien une petite ville !

C'est ici que j'ai grandi, mais après quinze ans à Paris où on vit dans l'anonymat, il faut se réhabituer à ce que tout le monde se connaisse.

— Vous pensez que Nadia était en colère au point de vouloir sa mort ?

Ma question me surprend autant qu'elle semble surprendre Marie-Jo et Rose.

Rose se penche vers moi et observe mon visage.

— Mon Dieu ! Je ne pense pas, non. En même temps, je ne la connais pas assez pour affirmer qu'elle lui aurait vite pardonné. Je me souviens que mes propres pensées à l'égard de mon premier mari n'ont pas été très charitables non plus quand j'ai appris qu'il me trompait...

Quelques minutes plus tard, Marie-Jo nous souhaite une bonne soirée, attrape son tapis de yoga et son petit chien, et se dirige vers le portail. Les autres élèves sont déjà partis.

Rose et moi commençons à nettoyer la terrasse avec Lady dans les pattes, comme d'habitude.

— Julie, c'était quoi tout ça ? me demande Rose.

— Quoi ?

— Tes questions sur Nadia, surtout la dernière…

Elle saisit une extrémité de la table apposée contre le mur.

Lady accourt vers nous. Ses grands yeux marron fixent si intensément la table qu'on dirait qu'elle invoque la Force pour aider sa maman humaine. Je soulève l'autre côté de la table.

— J'sais pas ce qui m'a pris…

— Ma chérie, dis-moi tout !

Alors que nous déplaçons la table au centre de la terrasse, Lady trotte en dessous, la queue haute et l'air très fière d'elle. La Force est puissante chez ce chien, je vous le dis !

Nous posons la table, nous installons les chaises et en tirons deux côte à côte. Je relate à Rose la visite de Pascale et ce qu'elle m'a raconté sur Maurice, en passant sous silence mon *cinémagraphe*. Je n'en parle jamais.

— J'ai la sensation que la mort de Maurice Sauve n'est pas une simple coïncidence, dis-je.

Mais c'est peut-être juste mon imagination.

— C'est probablement les deux, répond Rose.

— Je sais que tu vas me dire de laisser tomber. Et tu auras bien raison…

Je me passe les mains sur le visage et dans les cheveux. Dans la lumière rose-orangée des bougies et des lampes solaires qui illuminent le jardin, Rose m'observe en silence. Elle entrouvre les lèvres mais ne prononce aucun mot. Sa bouche se referme et elle continue de me fixer.

Je fronce les sourcils.

— Mamie ?

— Peut-être que tu ne devrais pas lâcher l'affaire.

Ma mâchoire se décroche.

— Tu as eu une année mouvementée ma chérie, avec ton divorce, ton retour à Beldoc, ton entreprise…

J'écoute, en essayant de comprendre où elle veut en venir.

— Tu as été trop focalisée sur toi-même, explique-t-elle. Ce n'est pas très sain.

— Mais je regarde *La Fazenda* tous les soirs ! protesté-je.

— C'est de la fiction, ça ne compte pas. Tu as besoin de te concentrer sur des choses extérieures, des choses réelles. Ça équilibrera tes flux d'énergie.

Ah ! Je commence à comprendre.

— C'est un truc de Doga, ça ?

— Pas de sarcasme, s'il te plaît ! J'ai déjà Florence pour ça.

— Pardon, mamie.

Nous restons en silence un moment, perdues dans nos pensées.

Rose reprend :

— Détrompe-toi, je ne pense pas un instant que Maurice ait été tué. Si c'était le cas, je ne te conseillerais même pas d'enquêter.

J'écarquille les yeux.

— Tu veux que je… ?

— Je ne dis pas de lancer une enquête complète autour de la mort de Maurice Sauve, me rassure-t-elle en s'emparant de ma main. Seulement rencontrer les gens qui le connaissaient et leur parler. Cela pourrait te faire du bien.

— Tu penses ?

— Oui. Je vais t'aider d'ailleurs, dit-elle. Je pourrais en profiter aussi.

— Toi ? Tu crois que t'as besoin d'équilibrer tes énergies, toi aussi ?

Mince ! Étais-je un peu trop sarcastique ?

— Toi, tes sœurs, ton père, moi… On n'aura jamais de réponses à nos questions. On ne pourra jamais tourner la page.

Rose lève les yeux vers le ciel étoilé avant d'ajouter :

— Moi, j'ai fait la paix avec ça.

— Je t'en félicite.

— J'espère qu'un jour tu pourras en faire autant.

Tandis que je réfléchis à ses paroles, elle me lance un clin d'œil parfaitement incongru.

— Mais faire la paix avec l'injustice du monde ne devrait pas nous empêcher de fouiner un peu quand on en a l'occasion !

5

J'accroche le panneau « Fermé », verrouille la porte de la boutique et saute sur mon vélo.

Il n'est que 19 heures, il reste une heure avant l'horaire habituel de fermeture, mais j'ai fait une promesse à Flo. Ça fait un mois que ma pâtisserie a ouvert et elle n'arrête pas de nous harceler, Rose, Éric et moi, avec les *Rencontres d'Arles*. C'est un festival de photographie qui se tient tous les étés à Arles, la plus grande ville avoisinant Beldoc. Ça fait partie de mes souvenirs d'enfance, d'avant que je monte à Paris, ce qui veut dire que ça fait au moins quinze ans que le festival existe.

Dernièrement, le festival est devenu bien plus qu'un rassemblement local. C'est maintenant un événement qui attire les plus grands talents et des touristes du monde entier. Je parcours la distance qui sépare Beldoc d'Arles à un rythme tranquille sans transpirer une goutte. En arrivant Place de la République, j'aperçois Flo qui est déjà là. Elle est venue directement de son école d'art.

Éric arrive ensuite, après avoir garé sa fourgonnette.

Rose se pointe au même moment dans son cabriolet Nissan deux places jaune vif.

— Alors, quel photographe voulais-tu que l'on voie, ma chérie ? demande-t-elle à Flo, en ajustant son foulard de soie autour de son cou.

— Mon préféré cette année, répond Flo. L'expo est juste là, dans Saint-Trophime.

— Le lieu parfait, commenté-je en me tournant vers la cathédrale.

Rose grimace.

— Pour les gens à vélo peut-être, mais nous, les conducteurs, on doit galérer pour trouver une place de parking !

Elle remonte en voiture et quinze minutes plus tard, revient à pied.

On rejoint la file d'attente.

— Qui connaît le style d'architecture de Saint-Trophime ? demande Flo pour passer le temps.

Rose pointe un ongle peint vers Flo.

— Toi.

— C'est le style roman, dit Flo. J'ai choisi ce lieu pour deux raisons. D'abord, parce que le photographe exposé ici est un vrai génie.

— Et la seconde raison ? demande Rose.

— Pour la beauté de Saint-Trophime, répond Flo avant de se tourner vers moi. C'est quand la dernière fois que t'es venue ici ?

— Quand j'avais treize, peut-être quatorze ans ? Avec Rose et maman je crois.

Je regarde Rose pour qu'elle confirme.

— Catherine et toi vous deviez avoir quatorze ans, dit-elle les yeux brillants de nostalgie.

— On a passé une super journée à visiter et à faire du shopping pendant que Véronique gardait Florence.

Flo claque de la langue avant de s'adresser à Éric.

— Ça, mon ami, c'est la plus grande injustice de mon enfance. Maman, Rose et les jumelles profitaient d'une super soirée entre filles pendant qu'on m'abandonnait avec Véro et Dora l'Exploratrice.

Rose, Éric et moi prenons nos billets. Flo a un pass pour le Festival valable jusqu'à fin septembre.

— Véro, c'est bien la sœur aînée qui vit à Montréal ? demande Éric. La bibliothécaire ?

— C'est bien elle.

— Ça lui faisait un peu d'argent de poche donc elle était contente de garder Florence, dit Rose. C'était son choix.

Des mots m'échappent avant que je puisse m'arrêter :

— Tout comme c'était le choix de papa de rentrer tard du bureau, d'être tout le temps en voyage d'affaires et de ne jamais être là pour nous.

Flo et Rose se raidissent ; les muscles de leurs visages se contractent d'un coup. Elles regardent chacune dans une direction différente en évitant tout contact visuel avec moi. Éric se concentre soudain sur ses mains, pliant et dépliant le billet qu'il vient juste d'acheter. L'air est lourd soudain, rempli de malaise.

J'aimerais tellement retirer ce que je viens de dire !

Je me creuse les méninges pour trouver quelque chose pour désamorcer la situation, mais Flo me devance.

— Vous saviez que les *Rencontres d'Arles* sont le plus ancien festival photo d'Europe ? Ça a commencé en 1970.

Visiblement soulagé, Éric joue le jeu :

— 1970, waouh ! À l'époque, les appareils photo étaient encore de grosses boîtes en bois avec des accordéons montées sur trépied, non ?

Rose se frappe le front du dos de sa main en levant les yeux au ciel.

— Les jeunes d'aujourd'hui, quels ignorants !

— Il faut que tu remontes encore tout un siècle, vers 1870, si tu veux trouver les appareils dont tu parles, explique Flo.

Les yeux de Rose deviennent rêveurs.

— Dans les années 1970, j'étais une hippie chic !

— Tu l'es toujours ! répondons-nous, Flo et moi, en chœur.

Elle sourit, visiblement flattée.

Avant d'entrer dans l'église, on s'arrête pour admirer la façade ornée. Flo explique que le bas-relief représente le Jugement Dernier. Les personnages à gauche sont les « sauvés », guidés au Paradis par un ange, et ceux sur la droite, enchaînés, sont envoyés en Enfer.

On passe les portes massives de l'église, et Flo nous conduit vers la galerie du cloître.

— Trophime, qui a donné son nom à l'église, était l'évêque d'Arles au IIIe siècle, dit-elle.

Je regarde son visage enthousiaste. Elle est vraiment passionnée !

Pas étonnant qu'elle ait récemment commencé à bosser comme guide, avec son colocataire, Tino. Puisqu'il possède un monospace, et elle les connaissances, ils se sont dit qu'ils feraient bien de s'associer et de proposer des visites thématiques du canton. Pour l'instant, ils n'ont eu qu'un succès limité et seulement pour leur circuit Van Gogh. La compétition avec les opérateurs plus importants et déjà bien implantés est rude.

Une fois la visite de l'église terminée, on est allés voir le travail du photographe que ma sœur a qualifié de génie. Excitée, j'entre dans le hall d'exposition… et en ressors une heure plus tard, déçue. Tout comme Rose et Éric d'ailleurs, à en juger par leurs visages confus.

Les yeux de Flo brillent.

— Alors ? C'était pas renversant ? Brut, nerveux, d'une honnêteté sans compromis…

— Moche, dit Rose.

— Perturbant, renchéris-je.

Éric fait juste une grimace. Flo nous observe, stupéfaite par notre imperméabilité au génie et sans doute par la franchise inhabituelle de Rose.

— Désolée, ma chérie, s'excuse Rose d'une voix plus douce. Je pense que je suis juste trop vieille pour apprécier les trucs bruts, nerveux et d'une honnêteté sans compromis. On peut voir quelque chose de beau maintenant ?

Flo lève le menton en faisant sa mine d'artiste incomprise.

— Vous autres hippies, vous êtes obsédés par la beauté. Sauf que la vie, c'est bien plus que ça !

— Pas que par la beauté, ma chérie, dit Rose en rabattant en arrière une mèche de cheveux rebelle. Les hippies sont aussi obsédés par l'amour, la paix et les fleurs.

Flo plisse les yeux.

— Quand tu dis *fleurs*, tu veux surtout dire de l'herbe, non ?

— Pff ! fait Rose en la chassant de la main, dédaigneuse.

Dans mon oreille elle chuchote :

— Au fond, elle n'a pas tort.

Éric et Flo ont huit ans de moins que moi. Pour Rose, ce sont encore des adolescents, donc il y a des sujets qu'elle ne veut pas aborder avec eux.

Pour faire plaisir à Rose, Flo nous emmène voir un artiste plus conventionnel et agréable à l'œil. En sortant, Rose déclare qu'elle en a vu assez, avant d'ajouter :

— Je vous invite à dîner, les enfants !

Est-ce que c'est le moment pour rappeler à ma grand-mère son découvert ?

J'observe son visage radieux. Éric et Flo ont l'air enthousiastes aussi.

Tant pis pour cette fois.

Au restaurant, Rose demande à Éric et moi comment étaient les affaires aujourd'hui.

— Calmes, répond Éric. Un peu trop calmes à mon goût.

Je leur fais un sourire éclatant.

— Le bon côté, c'est que personne n'a fait d'arrêt cardiaque !

Rose me tapote la main avant de se tourner vers Flo.

— Comment était ta journée, ma chérie ?

— Studieuse. Ce matin, j'ai eu économie des marchés de l'art, et en deuxième heure c'était peinture française du XVIIIe siècle, avec, en particulier, Jean-Honoré Fragonard.

Je me frotte le menton.

— Son nom me dit quelque chose…

— Il est bien connu, surtout pour ses œuvres rococo, du genre galant, dit Flo. Tu savais qu'il était du coin ?

— Ah oui ?

— De Grasse, précise Flo. Donc ouais, c'est lui qu'on étudie depuis une semaine. Après, j'ai mangé avec deux potes, et mon premier cours après ma pause c'était…

— T'es pas obligé de nous faire un compte rendu détaillé, la coupe Rose avec un sourire joueur. Juste les temps forts.

Flo lui retourne son sourire.

— Alors j'ai une anecdote qui va vous intéresser. Ma prof d'art français nous a parlé d'un portrait peint par ce coquin de Fragonard d'une jeune femme qui dénude ses seins.

— Au XVIIIe siècle ?

Éric lève un sourcil.

Flo gémit théâtralement.

— Tu crois que nos ancêtres étaient des saints, juste parce qu'ils n'avaient pas encore Tinder ? Je suis quasiment sûre que la part de débauchés par rapport aux prudes était la même au Moyen Âge qu'aujourd'hui.

— Enfin, Flo ! s'exclame Rose, en croisant les bras sur sa poitrine. On a quand même eu la révolution sexuelle entre-temps !

— Toi peut-être, répond Flo. Nous, on est tous nés après l'apparition du Sida.

Rose reprend sa fourchette et son couteau.

— C'est pas faux.

— La liberté des années 1960 et 1970 n'est qu'un accident de parcours, ajoute Flo. Regardez rien que Facebook.

Je plisse le front.

— Quel rapport ?

— Il y a quelques années, Facebook a censuré un clip parce qu'il était soi-disant offensant. Vous savez ce que c'était ?

Je secoue la tête.

Flo se penche en avant.

— Une petite vidéo postée par un musée suisse pour faire la promo d'une expo d'art ! Dans la vidéo, il y avait un nu allongé peint par Modigliani en 1916.

— Tu viens d'inventer cette histoire, dit Éric. C'est pas possible.

— Je n'invente rien ! Vas-y, vérifie sur Google, insiste Flo.

Il le fait tout de suite sur son smartphone.

— Incroyable mais vrai !

— Tu te rends compte de ce que ça veut dire ? lui demande Flo. Ça signifie qu'aujourd'hui, les grosses entreprises se mettent à censurer l'art. C'est le retour des feuilles de figuier, les amis ! Bientôt, la Silicon Valley va retoucher tous les nus à l'ordinateur.

Ça me fait chaud au cœur de voir combien ma petite sœur est passionnée par l'art.

— Bref, passons, poursuit-elle. Pour en revenir à Fragonard et au portrait de la jeune femme aux seins nus, il a été retrouvé très récemment et vendu aux enchères pour une somme énorme.

— À qui ? demande Rose.

— Un acheteur anonyme, répond Flo. Une vieille fortune, à mon avis. Le genre de personne qui privilégie la discrétion.

— Les vieilles fortunes détestent étaler leurs biens et leur influence, dit Rose. J'ai pas mal d'amis qui fréquentent ces cercles, et j'ai beaucoup appris d'eux.

Aussi tentant que ce soit de souligner qu'elle vient juste d'*étaler* ses amitiés bien placées, je me retiens de taquiner Rose devant les autres.

Pendant qu'arrive le plat principal, mes pensées rejoignent Maurice Sauve. Pourquoi ai-je tant besoin de comprendre ce qui lui est arrivé ? Je me répète pour la énième fois que le *cinémagraphe* n'a rien à voir avec ça. Je refuse de laisser mes hallucinations influencer ma vie.

Un homme est mort dans ma pâtisserie sous mes yeux. N'importe qui se sentirait responsable dans ce genre de situation. Ma curiosité a été piquée par la façon dont sa voisine Pascale a décrit Maurice, par les choses qu'elle a racontées sur son ex et sur sa petite copine du moment. Et maintenant ma curiosité me donne envie de creuser l'histoire.

Il faut que je résiste !

Le temps que le fromage soit servi, ma décision est prise. Je dois laisser tout ça derrière moi et aller de l'avant. Je suis cheffe pâtissière, pas une Sherlock amatrice. Je ne demande que la normalité, ce que j'ai profondément désiré depuis que ma vie a été mise sens dessus-dessous. Je souhaite être comme Flo, qui ne paraît pas changée par ce jour fatidique. Je veux retrouver la paix et le bien-être, comme cette hippie de Rose. De préférence, sans recourir aux « fleurs ».

— Tu comptes parler aux proches de Maurice Sauve ? me demande Rose d'un ton neutre, quand le dessert arrive.

Flo la regarde.

— Pourquoi, mamie ?

— Ta sœur a des doutes sur sa crise cardiaque, dit Rose. Ça la dérange, elle est tourmentée.

Flo se tourne vers moi.

— C'est vrai ?

— Pas du tout, dis-je.

Tout en m'ignorant, Rose ouvre grand les yeux avec un air de détresse.

— Tu vois ce que je veux dire ? Elle est dans le déni.

Flo se penche vers moi.

— Mamie a raison. Tu devrais enquêter, si ça peut te rassurer.

— Je n'ai ni le temps, ni les compétences pour ce genre de choses, dis-je.

— Mais tu sais t'y prendre avec les gens et tu es intelligente, avance Flo.

C'est une première ! En vingt-deux ans d'existence, Florence Cavallo n'a jamais au grand jamais dit d'une de ses sœurs aînées qu'elle était « intelligente ».

— Évidemment, pas autant que moi, s'empresse-t-elle d'ajouter. Mais si on s'y met à deux, on va forcément découvrir quelque chose.

— Ça peut être amusant, s'excite Rose.

Son commentaire me rappelle la conversation que nous avons eue la veille, après son cours de Doga. Elle m'avait dit qu'elle pensait que la mort de Maurice Sauve n'avait rien de louche, mais qu'une petite enquête pourrait être une sorte de thérapie pour moi… Et peut-être un pas vers l'acceptation.

Bon, d'accord.

— Je vais le faire, mais pour une autre raison, dis-je en me tournant vers Éric. Tu te souviens quand Pascale a hésité à prendre le cannelé que je lui proposais ? Il faut absolument que je lave notre pâtisserie de tout soupçon, de tout lien avec la mort de Maurice Sauve.

— Je vous suis, cheffe, dit Éric.

— C'est parti, alors ! lance Rose, plus dramatique que jamais, tendant la main droite paume vers le bas.

Flo, Éric et moi plaçons les nôtres par-dessus en riant.

— Un pour tous et tous pour un !

— Puissions-nous tous ensemble devenir plus forts que la somme de nous tous, ajoute Éric en citant comme souvent son *Star Trek* préféré.

Rose rayonne. Toutes les tables du restaurant se tournent vers nous.

Non mais quelle bande de barjos nous faisons !

6

En ce matin gris qui enferme les gens chez eux, je suis au labo en train de macaronner.

Note à moi-même : il faut que j'arrête d'appeler la cuisine le « labo ».

Appeler l'endroit où l'on élabore des recettes et prépare les confections le « labo » est une vieille habitude dont je ferais mieux de me défaire. C'est un tic que j'ai depuis que je suis passée par la Maison Folette. Là-bas, on avait un vrai labo, avec des blouses blanches et des produits chimiques qui moussent dans des tubes à essais. C'était dans ce labo que l'on développait les nouvelles saveurs à emballer et à expédier aux autres enseignes.

Ce que je fais ici n'a rien à voir avec ça.

Bien que je possède quelques machines – aujourd'hui, il est impossible de survivre en tant que pâtissier en fabriquant tout à la main – mon « labo » fait partie intégrante de ma pâtisserie. Les arômes artificiels et les conservateurs en sont bannis. Le seul inconvénient, c'est que mes confiseries ont une durée de conservation plus courte que leurs cousines industrielles. Mais c'est mon choix, et je l'assume.

Alors il faut vraiment que je m'habitue à appeler cet espace « cuisine », comme Éric ou Flo le font.

Je suis en train de mettre une fournée de macarons au réfrigérateur pour qu'ils mûrissent quand Éric me fait coucou.

— Cheffe ?

— Oui ? Comment ça se passe, de ton côté ?

— Plutôt tranquille, dit-il.

— J'avais remarqué.

La porte d'entrée n'a sonné que trois ou quatre fois depuis qu'on a ouvert il y a deux heures.

Il inspecte mes macarons.

— Pas de vanille, cette semaine ?

Comme la vanille est le grand classique dont les clients raffolent le plus, sa question est légitime.

— En ce moment, c'est difficile de trouver de la vanille de qualité à bas prix, expliqué-je. C'est trop cher pour nous en tout cas, et je ne veux pas utiliser de produit bon marché. Si j'achète des gousses de Madagascar, je vais devoir augmenter les prix et je déteste faire ça.

— Alors ça attendra.

Il pointe du menton les coques à la framboise que je viens juste d'aligner.

— Maintenant je vois d'où vous venait l'idée d'utiliser des fruits de saison.

J'acquiesce en plissant les yeux.

— Veux-tu tester de nouveaux accords ? Fais seulement en sorte que ça reste assez familier pour ne pas décourager les gens d'y goûter.

Ses yeux s'illuminent à mes mots.

— Je pourrais utiliser des plantes locales.

Je sais qu'on ne crée pas autant qu'il le voudrait, et ce n'est pas par manque de bonne volonté. Seulement, au fil des années, j'ai appris que les gens étaient profondément conservateurs. Ils adorent *voir* des saveurs exotiques et des mariages improbables en vitrine, mais quand il est question d'*acheter* des macarons, ils restent attachés à ce qu'ils ont déjà goûté et re-goûté : vanille, caramel au beurre salé, pistache, chocolat, café… Rarement betterave et encore moins wasabi !

Éric se tourne vers la porte.

— Je vais noter quelques idées.

— Si tu arrives à me faire une liste avant la fermeture ce soir, j'irai acheter les ingrédients au marché demain matin.

— Vous êtes pas mal comme patronne, vous savez ? déclare-t-il.

Eh beh !

Aussi discret qu'il soit, j'ai quand même réussi à recevoir un compliment de sa part. En comptant celui de Flo, c'est le deuxième qu'un post-millénial grincheux me fait en l'espace d'une semaine ! Dois-je m'inquiéter ? Si, comme l'affirme ma sœur jumelle Cat, tout est lié et que les coïncidences n'existent pas, alors le monde tel que nous le connaissons est en train de toucher à sa fin. L'apocalypse a commencé.

Un sourire dessiné aux lèvres, j'enlève mon tablier.

— Je reviens dans une heure, il faut que j'aille faire…

Il renvoie à mon hésitation un regard interrogateur.

Tout en regardant le sol, j'ouvre le robinet pour me laver les mains.

Avec un peu de chance, le bruit du jet couvrira les mots que je m'apprête à marmonner :

— Il faut que j'aille mener l'enquête.

— Vous allez interroger qui ? demande Éric en me tournant autour.

— Les membres restants de la famille de Maurice Sauve.

Il approuve et se dirige vers la porte.

— J'attends le rapport avec impatience.

Quoi ?

Il me lance un regard par-dessus son épaule.

— Pas besoin que ce soit très détaillé, cheffe. Un résumé pour tenir le reste de l'équipe au jus suffira.

On dirait bien qu'il a pris au sérieux notre pacte de la veille.

— Ça marche, dis-je en m'essuyant les mains. L'équipe sera tenue au jus.

Est-ce que je vais vraiment le faire ?

Je descends de mon vélo de l'autre côté de la Butte Royale après avoir traversé la rivière, et marche le long de la pente. Contrairement à ce que son nom pompeux laisse imaginer, la Butte Royale n'est rien de plus qu'une petite colline au milieu de la rive sud de Beldoc. Elle sépare le vieux centre-ville d'un quartier beaucoup moins chic. Le contraste est si abrupt qu'il en est déconcertant.

En moins de vingt mètres, les maisons rétrécissent et les façades s'assombrissent. Les vérandas et les baies vitrées font place à de petites fenêtres. Les voitures garées au bord de la route perdent de leur lustre et se dotent de morceaux de ruban adhésif collés sur les pare-chocs. Les jolies pelouses aux entrées disparaissent au même rythme que les boutiques branchées et les cafés.

Malgré tout, le quartier n'est ni sans âme, ni désolé. Les enfants jouent sur les trottoirs en riant et en poussant des cris. Un groupe s'amuse à faire du vélo et du patin à roulettes. Un autre, plus réduit, est occupé à dessiner un château gothique sur le sol à l'aide de craies de couleur. Ça pourrait être Poudlard. La plupart des maisons sont décorées de géraniums rouges et blancs aux fenêtres du deuxième étage. La fine rangée de jeunes arbres qui court le long des bordures fournit de l'ombre et une verdure agréable à l'œil.

J'aurais échangé n'importe quelle journée dans ce quartier contre une au temps où on habitait en banlieue parisienne, là où papa nous avait fait déménager après la mort de maman !

C'est dans ce quartier joyeusement modeste que Maurice Sauve a vécu la plus grande partie de sa vie. Je le sais parce qu'il a rempli un formulaire quand il s'est inscrit à mon atelier. Comme tous les autres participants, Maurice m'a donné son numéro de téléphone, son adresse mail et son lieu de résidence : 24, rue du Vieux-Puits.

Il a aussi coché la case qui l'inscrivait à la liste de diffusion de ma boutique… Je suis consciente que cela ne me donne pas la permission de fouiner dans son quartier. Heureusement, je n'ai pas besoin de la permission de qui que ce soit pour le faire.

D'après le capitaine Adinian, la cousine de Maurice Sauve vivait dans la même rue que lui.

Je compte trouver sa maison, toquer poliment, et si elle est chez elle, lui poser quelques questions.

Eh oui, je compte vraiment le faire !

Je m'arrête au 24 et je contemple la maison en pierre. Comme la plupart des maisons dans cette rue – et partout ailleurs en Provence aussi – elle est étroite, possède une toiture aplatie et de petites fenêtres. Ce sont des caractéristiques intelligentes, dictées par un espace au sol limité, par un mistral particulièrement brutal en hiver, et par un soleil de plomb en été.

La maison de Maurice est ancienne. Elle ne manque pas de charme mais je ne dirais pas qu'elle est jolie. Cela dit, les volets rouges et la façade recouverte de lierre atténuent son apparence austère.

Une vieille femme tirant derrière elle un caddie de courses vide sort de la maison sur la droite.

— Bonjour ! lancé-je avec un sourire poli. Je cherche la maison de la cousine de Maurice Sauve. Vous sauriez où elle est ?

— Berthe ?

Pendant un court instant, je ne suis pas sûre de comprendre ce qu'elle vient de dire et je continue de sourire. Elle me regarde avec impatience. Mon sourire se raidit, comme quand un photographe demande aux photographiés de dire « ouistiti », mais qu'il prend tout son temps pour appuyer sur le déclencheur. Pendant qu'il tâtonne, tout le monde reste planté en grinçant des dents, sans plus aucune forme de gaieté dans les yeux, comme une bande de psychopathes ou d'extraterrestres qui tâchent de se faire passer pour des humains.

— Vous… cherchez la maison… de… Berthe ? essaie-t-elle à nouveau, en sur-articulant chaque mot, comme si elle parlait à une demeurée. Berthe Millon, la nièce de feu Huguette Sauve ?

Merci !

J'autorise ma bouche à retrouver sa forme habituelle.

— Oui, madame. C'est bien elle que je cherche.

Elle pointe le côté opposé de la rue.

— Vous voyez la maison bleue, au fond ?

Je regarde les bâtiments mais je n'aperçois pas de maison bleue. Elle lève les yeux au ciel et articule encore.

— Vous, vous n'êtes pas du coin.

— En réalité, si.

— Vous ne parlez pas comme nous autres en tout cas.

— J'ai passé quinze ans à Paris, ça a tué mon accent du Midi.

Elle me toise de haut en bas.

— Si je n'avais pas de courses à faire, je vous aurais bien accompagnée.

— Pas de problème, je trouverai.

Elle compte les maisons, de l'autre côté.

— C'est la huitième en partant d'ici. Ça ira ?

Sans attendre ma confirmation, elle baisse la tête et s'enfuit avec son caddie qui racle le pavé irrégulier. Je traverse la rue et compte huit maisons quasiment identiques. Quand j'arrive au numéro 35, je trouve un autocollant blanc sous la sonnette, indiquant le nom de la propriétaire, Berthe Millon.

Bim !

Comme toutes les autres maisons de la rue du Vieux-Puits, celle-ci n'a visiblement ni jardin, ni véranda ou terrasse. Seules les jardinières aux fenêtres égayent la façade austère. J'espère qu'il y a quelque chose à l'arrière, sinon à quoi ça servirait de vivre dans une maison qui a constamment besoin d'entretien et de réparations alors qu'un appartement exige bien moins de travail ?

Scrutant le mur en face de moi, je comprends enfin ce que voulait dire la vieille dame en parlant de « maison bleue ».

Sa couleur grisâtre fatiguée devait autrefois être un bleu pastel, comme le suggèrent les quelques taches encore épargnées par la crasse. Mais celles-ci sont bien moins nombreuses que les zones où la peinture s'est écaillée. Regroupées, les plaques dégarnies forment un archipel filiforme qui s'étire sur tout le premier étage.

Cette maison demande – non, elle implore – un relooking complet.

Quand sa propriétaire ouvre la porte, je suis frappée par le parallèle, certes peu charitable mais inévitable, entre les deux. Un relooking ne ferait pas de mal à cette dame non plus.

Son affreuse robe de chambre à fleurs bleues s'accroche désespérément à son ventre volumineux. Elle met en valeur ses épaules larges et ses bras lourds tout en snobant ses seins. C'est la robe la moins flatteuse que j'aie vue de ma vie. Même les uniformes de prison dans *Orange Is The New Black* sont mieux coupés.

Ses cheveux poivre et sel n'ont pas vu l'ombre d'un salon de coiffure depuis fort longtemps. Sans doute même jamais. Il n'y a pas trace de maquillage sur son visage à la fois rondouillard et creux. Je suis incapable de déterminer son âge. Berthe Millon pourrait avoir soixante-dix ans et ne pas se porter trop mal, ou quarante ans et avoir vieilli prématurément.

Je ne peux pas m'empêcher de penser à ma grand-mère. Là où Rose va trop loin dans sa quête de jeunesse, cette femme en fait aussi beaucoup trop, mais dans le sens opposé. S'il existe une anti-Rose dans ce monde, c'est bien Berthe.

Je lui fais mon meilleur sourire « ouistiti ».

— Bonjour ! Je m'appelle Julie Cavallo.

Fronçant les sourcils, elle marmonne :

— Berthe Millon.

— Je suis la propriétaire de la pâtisserie où votre cousin Maurice a trouvé la mort la semaine dernière, dis-je.

Elle abaisse ses lunettes et m'inspecte par-dessus la monture. Je ne peux pas lui en vouloir de se demander pourquoi je suis ici !

— Il a fait une crise cardiaque sous mes yeux pendant l'atelier où je lui apprenais à faire des macarons, j'explique. Depuis, je suis un peu perturbée.

— Et en quoi je peux vous aider ?

— Une de vos voisines, Pascale, est passée à la boutique l'autre jour. Elle m'a parlé de l'ex de Maurice, Nadia, et de sa copine Charline.

Berthe penche la tête sur le côté.

— Et alors ?

— C'est juste que…

Comment je peux lui expliquer ce qui m'a amenée ici sans passer pour une tarée ?

Heureusement, Berthe vient à ma rescousse.

— Laissez-moi deviner. Vous n'arrivez pas à accepter ce qui s'est passé. Un instant, un élève enthousiaste se tient devant vous, et puis badaboum ! Il tombe raide mort au sol, et vous ne pouvez rien faire pour le ramener à la vie.

— C'est exactement ça que je ressens ! m'exclamé-je en m'approchant d'un pas. Et c'est pour ça que je n'arrive pas à passer à autre chose !

— Moi non plus.

Je vois des larmes monter à ses yeux. Elle tire un mouchoir en papier froissé de sa poche avant, et se tamponne les paupières.

— On était proches, vous savez, marmonne-t-elle. On était des amis, pas juste des cousins, et maintenant qu'il n'est plus là, ça fait un énorme vide dans ma vie.

Mon cœur se gonfle. Je renifle et m'essuie les yeux du revers de la main.

Pauvre bonne femme !

Elle se mouche avant de reprendre :

— Le gendarme, ce capitaine Adinian, il m'a dit que vous aviez essayé de faire un massage cardiaque à Maurice, mais que ça n'avait pas marché.

— Si j'avais investi dans un défibrillateur pour la boutique, qui sait, peut-être que…

Elle me touche la main.

— Ou peut-être pas. Peut-être qu'il était plus vulnérable qu'on ne le croyait et que son temps sur terre était imparti.

J'acquiesce.

Elle remet son mouchoir dans sa poche.

— Si vous vous inquiétez du fait que je vous tienne pour responsable, dit-elle, alors laissez-moi vous rassurer, ce n'est pas le cas.

— C'est très gentil de votre part.

— Si je devais blâmer quelqu'un, ajoute-t-elle après une courte réflexion, ça serait plutôt les deux femmes dont vous a parlé Pascale, Nadia et Charline.

— Pourquoi donc ?

Elle pousse un soupir profond, comme si en parler lui causait de la peine. Elle ouvre la bouche, puis la referme. Au lieu de mots, elle laisse échapper un bruit étouffé.

Je propose une théorie.

— J'imagine que Nadia et Charline ont dû lui causer beaucoup de soucis.

— On pourrait dire ça comme ça.

Le visage de Berthe change soudain d'expression et elle jette un coup d'œil par-dessus son épaule.

— J'ai une poêle sur le feu. Faut que j'y aille.

— Oui, bien sûr, fais-je en lui laissant ma carte. N'hésitez pas à passer si vous êtes sur la rive nord. J'adorerais que vous goûtiez à mes créations !

Elle attrape la carte et la fourre dans sa poche bombée.

Tandis que je la remercie et lui fais mes adieux, je n'arrive pas à me détacher de l'idée qu'elle avait une bien meilleure théorie que la mienne, mais qu'elle a préféré la garder pour elle.

7

L'image de Berthe Millon ne me quitte pas quand je pédale vers la boutique le lendemain.

J'essaie de rediriger mes pensées vers l'instant présent et vers ce magnifique matin de juin qui mériterait plus d'attention. Le jour où je suis revenue à Beldoc, j'ai été saluée par un mistral violent que j'avais commodément effacé de mes souvenirs d'enfance. Au lieu d'être accueillie chaleureusement ce jour-là, j'ai été soulevée du sol. Le mistral a soufflé pendant plus d'une semaine en vidant les rues de leurs populations et me faisant me demander comment les commerçants arrivaient à gagner leur vie ici.

Mais dès l'instant où le vent s'est calmé, les habitants ont ressorti une tête et Beldoc est redevenue pleine de vie, comme dans mes souvenirs.

La semaine dernière, on est entrés dans ma saison préférée. Le mistral fait figure d'histoire ancienne jusqu'à son retour prochain : il fait beau, Beldoc est ensoleillé, et il nous reste quelques semaines avant que la chaleur étouffante n'arrive.

C'est le moment parfait pour s'adonner à la douceur de vivre, et c'est d'ailleurs ce que beaucoup de gens font. Il y a beaucoup plus de coureurs et de promeneurs au bord de la rivière qu'avant. Les badauds promènent leurs chiens, en prenant tout leur temps, comme s'ils ne devaient pas courir sur leur lieu de travail ensuite. Ceux qui ramassent les crottes le font avec le sourire, sans être encombrés de parapluies. Des retraités aux shorts kaki et casquettes criardes arrosent leur pelouse et leurs parterres de fleurs.

Certains installent des chaises dans leur jardin pour petit-déjeuner. D'autres pointent le nez dehors, pantoufles aux pieds, pour ramasser le journal du matin et s'attardent à discuter avec le facteur.

La vie est belle.

Sauf pour Berthe, qui vient juste de perdre son cousin et ami. Je me sens mal de l'avoir fait pleurer avec mes questions sur Maurice et, en plus de ça, je me sens coupable d'avoir jugé son apparence aussi durement. Vu son aspect et l'état de sa maison, elle n'a pas les moyens de s'acheter de beaux vêtements, d'aller chez le coiffeur, ou de se maquiller. Elle n'est ni négligée ni débraillée. Elle est simplement pauvre.

D'un autre côté, la situation financière de Rose ne l'a jamais empêchée de s'occuper d'elle ou de sa maison… Mais je m'écarte du sujet.

Le temps que je rassemble mes pensées, je suis arrivée à la pâtisserie. Éric et Flo y sont déjà. La présence de ma sœur me surprend un peu. Elle ne travaille pour moi que quelques heures le soir ou quand on organise des événements. De plus, c'est une noctambule. Qu'est-ce qu'elle fait là si tôt ?

— Alors, débriefing ? me dit-elle en me tendant un expresso.

Éric s'appuie contre le cadre de la porte entre la boutique et le labo – pardon, je veux dire, la *cuisine*.

— Vous d'abord, cheffe, et ensuite je partage avec vous mes propres trouvailles.

— Ah ?

Je me retourne vers lui, consciente que je ne dois pas avoir l'air très maligne avec ma bouche béante. Je referme mes lèvres.

— Éric est tombé sur Charline hier soir, dit Flo. Mais avant ça, on veut entendre ce que t'as à nous dire.

— T'es tombé sur elle ? je demande à Éric en plissant les yeux. Par hasard ?

— Enfin, pas tout à fait par hasard…

Il croise les bras et penche la tête sur le côté, m'indiquant qu'il ne dira pas un mot de plus.

Je regarde vers la porte dans l'espoir qu'un client entre. Mieux : une foule de clients affamés et assoiffés !

Peine perdue.

Résignée, je leur relate ma conversation avec Berthe Millon en modifiant complètement la première impression que j'ai eue d'elle.

— T'en penses quoi ? me demande Flo. Je hausse les épaules.

— Rien. Elle ne m'a rien dit d'intéressant. Franchement, je ne sais pas si c'est une bonne idée qu'on enquête si les flics ne le font pas.

Éric lève sa main en l'air.

— Pas si vite.

— Ah oui, Charline.

Je pose ma tasse sur le comptoir et j'enfile mon tablier orné du logo de mon entreprise, conçu et brodé par Flo sur des tabliers blancs standards que j'ai fait teindre en noir. Eh oui, il fallait bien faire des économies !

Flo jette un regard vers la porte, puis vers Éric.

— Bon, vas-y, raconte avant que quelqu'un entre !

— J'ai fait du beau boulot de détective hier soir en rentrant chez moi, relate Éric fièrement. J'ai commencé par aller voir la page Facebook du gars qui était dans ma classe et à partir de là, j'ai retrouvé sa grande sœur. Ensuite, j'ai parcouru ses photos, et vous savez quoi ? Il s'avère que c'est une habituée du bar à côté de son lieu de travail.

Flo tire un chapeau imaginaire.

— Pas mal, inspecteur Maigret !

— Attends, c'est pas fini.

En souriant, Éric se tourne vers moi.

— J'y suis allé en espérant qu'elle y passerait dans la soirée.

Je me penche vers lui.

— Et elle est venue ?

— Oui, oui.

Il roule des épaules et détend sa nuque, l'air si satisfait que je ne peux pas m'empêcher de pouffer.

Flo s'approche de lui.

— Allez ! C'est de la torture là ! Tu lui as parlé ou pas ?

— Mais certainement.

Elle lui plante son doigt dans le torse.

— Et alors ?

— Après quelques verres, elle est devenue bavarde.

Le visage d'Éric prend une expression plus grave quand il reprend :

— Elle m'a dit qu'elle était dévastée mais qu'elle en voulait quand même à Maurice.

Je vide ma tasse de café.

— Par rapport à cette histoire de mariage ?

— Elle lui en voulait, mais grave ! dit-il en croisant les doigts par-dessus sa tête. Elle n'arrêtait pas de me dire que c'était son âme sœur, qu'elle avait largué un riche prétendant pour lui, qu'elle aurait bien voulu lui donner un enfant et que tout ce qu'elle attendait en retour, c'était une preuve de son engagement.

— Ce qu'il lui avait refusé, dis-je.

Il hoche la tête.

— Ce qui était dur pour Charline, c'est de savoir qu'il avait déjà été marié avant. Il avait bien voulu laisser sa chance à Nadia mais pas à elle.

— Tu penses qu'elle aurait été assez en colère pour… ? lui demande Flo en faisant semblant de s'égorger. Elle a dit quelque chose qui aurait pu l'incriminer ?

Éric se gratte le crâne.

— Pas spécialement. Mais dans sa tirade, elle a laissé échapper une info qui pourrait rendre l'ex de Maurice, Nadia, suspecte.

— Comment ça ? Flo et moi demandons d'une même voix.

— Après le divorce, Nadia a gardé un double des clés de chez Maurice. Charline comptait aller en parler à Maurice la semaine dernière pour mettre fin à cette situation. Mais comme il est mort…

Je me mords la lèvre tandis que le *cinémagraphe* de l'empoisonnement de Maurice passe comme un éclair dans mon esprit.

Flo se tourne vers moi.

— Tu penses à ce que je pense ?

— Imaginons que Maurice ait été empoisonné, dis-je, et que Charline dise vrai à propos des clés. Alors Nadia aurait eu l'opportunité de le tuer.

Flo hoche la tête comme ces figurines de chien qu'on met dans les voitures.

— C'est aussi ce que je me suis dit, confirme Éric.

— Tu sais si Charline avait un double des clés, elle aussi ?

— Oui, elle en avait un.

— Alors si ça se trouve, c'est elle qui l'a empoisonné, dis-je.

Flo se frappe le front.

— Pourquoi n'y ai-je pas pensé plus tôt ? Elle a peut-être raconté ça à Éric sur Nadia pour brouiller les pistes.

— Alors, on a deux suspectes maintenant, résume Éric. Même si ça m'étonnerait que ça soit Charline. Je ne la connais pas trop et c'est vrai qu'elle est assez impulsive, mais je ne pense pas qu'elle soit capable de tuer quelqu'un.

— Au point où on en est, il est surtout peu probable qu'il y ait un meurtrier tout court, dis-je en me rappelant que je suis quelqu'un de responsable.

Avec huit ans de plus qu'eux, s'il y a quelqu'un dans cette pièce qui est censé se comporter en adulte, c'est bien moi.

— Rabat-joie, marmonne Flo en attrapant son sac à main.

— Je vais faire comme si j'avais rien entendu.

— Je suis d'accord, dit Éric.

Pendant un instant, je me demande quelle affirmation il approuve, celle de Flo ou la mienne. Mais la déception qui ternit la lueur de ses yeux m'indique que ce n'est pas la mienne.

Flo s'avance vers la porte.

— Je dois y aller, j'ai cours dans vingt minutes. On se retrouve plus tard.

Au moment où elle sort, une cliente entre, puis une autre sur ses talons. Je regarde de plus près la première femme. En forme et apprêtée, elle pourrait faire la couverture d'un magazine pour quinquagénaires. Elle me rappelle quelqu'un…

Mais que je suis bête ! C'est Marie-Jo, rédactrice en chef de *Beldoc Live* et élève du cours de Doga de Rose.

Pendant qu'on se salue, elle inspecte la pâtisserie.

Avec l'air d'apprécier ce qu'elle voit, Marie-Jo se tourne vers moi.

— Me voici pour mon premier café, double et sans sucre, avec un croissant. À emporter s'il vous plaît.

Elle me lance un clin d'œil avant d'ajouter :

— Ça a intérêt à être bon.

La deuxième cliente demande deux parts de flan au chocolat.

Éric et moi nous mettons au travail. Durant les deux heures qui suivent, nous sommes occupés par une série de clients et certains ont même le temps de consommer dans le coin salon. *Génial !* L'un d'entre eux sort un ordinateur de son sac à dos et me demande si on a du wi-fi. *Oui, monsieur !*

Note pour plus tard : afficher ça bien en évidence à l'intérieur et à l'extérieur de la boutique.

Vers 11 heures, c'est l'accalmie. Je remplis deux gobelets en papier de café fraîchement préparé, place quatre délicieux chocolats à la pâte d'amande dans une petite boîte et me dirige vers la boutique de Magda, Rêve de Lavande.

Depuis que j'ai ouvert, je ne sais pas pourquoi, mais Magda et moi sommes parties du mauvais pied. J'ai dû la blesser sans le savoir, même si je ne vois pas comment. Peu importe, cette boîte de chocolats sera mon rameau d'olivier. J'espère pouvoir améliorer les relations diplomatiques entre nos deux entreprises voisines. On n'est même pas en compétition, bon sang !

— Bonjour Magda ! dis-je rayonnante, en entrant. J'ai un petit quelque chose pour vous, pour votre pause du matin.

Elle scrute la petite boîte avec un désir mêlé de suspicion, puis me montre finalement le comptoir.

— Pose-ça là.

Je sens mon visage se décomposer.

— Oh ! tu espérais que je t'invite à prendre le café avec moi, peut-être ? demande-t-elle.

— Eh bien… Oui.

— Je suis occupée.

Je regarde autour de nous.

— Il n'y a pas de client pour l'instant.

— Je comptais faire un peu de compta.

Je fuis le territoire ennemi mon café en main, après avoir déposé l'autre gobelet et la boîte sur le comptoir. Cette tentative de réconciliation est un échec cuisant ; d'ailleurs Magda ne m'a même pas remerciée.

Le reste de la journée se déroule sans incident particulier. Je pense beaucoup au triangle amoureux de Maurice et j'attends un geste sympathique de la part de Magda… Qui n'arrive jamais.

Chez moi, après m'être fait une salade de thon, je m'assois et me mets devant *La Fazenda*, bien que l'esprit distrait et agité.

Est-ce à cause de Magda et son hostilité injustifiée ? Non… Je ne crois pas. C'est autre chose. Un sentiment tenace lié à l'affaire Maurice Sauve persiste au fond de mes pensées.

Qu'est-ce que ça peut être ? Quelque chose que Berthe ou Éric a dit ?

J'ai beau essayer, je n'arrive pas à mettre le doigt dessus.

8

Dans la matinée, je me précipite au marché pour aller chercher les herbes, les fleurs et les baies qu'Éric m'a demandées pour ses créations.

Vers l'heure du déjeuner, le capitaine Adinian me fait savoir qu'il a besoin que je signe quelques documents. Pas grand-chose, juste des formalités pour son rapport. Il apportera les papiers à la pâtisserie.

Je lui demande quand il prévoit de passer, mais il refuse de me donner un horaire ou même un jour. Il est sur une affaire compliquée, et Maurice Sauve est le cadet de ses soucis.

Comme à son habitude, Éric rentre chez lui à 16 heures. Comme Flo et son coloc Tino travaillent ce soir – ils organisent une visite guidée sur le thème de Van Gogh – je garde le fort seule jusqu'à la fermeture.

Rose et Lady passent me dire bonjour.

À 20 heures, j'attrape l'autocollant wi-fi que j'ai commandé en ligne, quelques fournitures, un escabeau, et je me dirige vers le coin salon. Ce matin, on a trouvé le meilleur emplacement pour l'installer avec Éric. Assez haut sur la vitrine pour ne pas bloquer la vue de l'intérieur, mais assez bas pour pouvoir être vu par les passants.

L'autocollant est large mais assez facile à appliquer : je sais que je peux le faire toute seule. Avant de grimper sur l'escabeau, j'essuie toutes les bulles, le détends, et le tour est joué !

Pour apprécier le résultat, je cours à l'extérieur, recule de quelques pas sur le trottoir et regarde. *Pas mal.* Après un coup d'œil en direction de la route, je traverse de l'autre côté pour admirer. *Pas mal du tout.*

Avec un peu de chance, j'arriverai à attirer davantage d'habitants de Beldoc dans ma boutique !

Je regarde le ciel d'un bleu profond et les nuages mauves dans le lointain. Le soleil se couche à l'autre bout de la rue, peignant tout ce qu'il touche d'une magnifique teinte dorée.

Mon regard retourne à la vitrine de la boutique qui brille doucement en reflétant le ciel. Les arbres dans mon dos font bruisser leurs feuilles dans la brise, et les oiseaux y battent des ailes, puis s'y posent pour la nuit.

J'essaie d'en repérer un par-dessus mon épaule mais un rayon aveuglant m'oblige à me couvrir les yeux de la main. Me retournant pour faire face à la pâtisserie, je regarde à travers la vitre.

Mon imagination joue à transformer l'espace salon actuellement désert en un lieu rempli de gens assis sur mes fauteuils vintage devant les tables chromées. Au fond, un homme d'affaires au costume sévère tape sur son ordinateur. Une jeune femme svelte, assise à la fenêtre, est plongée dans son livre. Plus loin, une dame d'un certain âge parcourt le Beldoc Live du jour, tandis qu'un homme aux cheveux grisonnants à la quatrième table la reluque.

C'est un de mes rêves de toujours de tenir une boutique où les gens aiment s'attarder, discuter, lire, ou travailler – une sorte de point de rencontre.

Je savoure l'image que mon esprit dépeint, mais mon cynisme s'empresse de souligner que si je voulais que cette image soit réaliste, le regard du vieux monsieur devrait être dirigé vers la gauche. Dans la vraie vie, il serait plutôt en train de reluquer la jeune femme, et non celle de son âge.

Honte à toi, Julie !

Il faut que j'arrête de projeter mon propre fiasco sentimental et ma désillusion comme ça ! Je ne devrais pas non plus extrapoler des aventures de Maurice Sauve qui avait quitté Nadia pour Charline.

Heureusement que j'ai le contre-exemple de Rose. Avec son armée de prétendants qui se renouvelle sans arrêt, ma grand-mère est la preuve même que certains hommes préfèrent la personnalité et le style au jeune âge.

Prends ça, méchant cynisme au fond de moi !

Je secoue la tête vigoureusement pour faire taire mes pensées et me dépêche de fermer la pâtisserie. Mon plan, c'est de rentrer assez tôt pour pouvoir faire quelques tâches ménagères avant que mon feuilleton ne commence.

En descendant les volets roulants, la chose amorphe qui rôdait dans mon esprit depuis hier matin commence peu à peu à prendre forme.

Charline et Nadia avaient toutes les deux accès à la maison de Maurice. Nadia aurait pu s'y faufiler, empoisonner un aliment dans le réfrigérateur et s'enfuir, ni vue ni connue. Charline également, ou alors elle aurait pu glisser quelque chose dans le plat de Maurice quand ils ont mangé ensemble ce jour-là.

En d'autres termes, elles avaient toutes les deux le moyen, et un paquet d'occasions, de le tuer.

Mais ça se complique quand on se pose la question du *mobile*.

Elles se sont toutes les deux senties délaissées à un moment ou à un autre, ça paraît clair.

Sauf que dans le cas de Charline, Maurice ne l'a ni rejetée, ni larguée. Il ne voulait tout bonnement pas d'une union formelle. Ça paraît difficile de croire qu'une femme, même impulsive, essaie de tuer son amant rien que pour ça.

Concernant Nadia, plus de deux ans avaient passé depuis leur divorce, et ça faisait plus d'un an que Maurice sortait avec Charline. Si Nadia avait voulu se venger, elle aurait largement eu le temps de le faire ; ses émotions devaient avoir eu le temps de se calmer maintenant. Ce qui aurait pu passer pour un crime passionnel il y a un ou deux ans, n'a plus aucun sens aujourd'hui.

Ça existe, les crimes passionnels à retardement ?

Honnêtement, j'en doute.

Je me rappelle que lorsque Bruno m'a jetée en pâture au bout de trois ans de mariage, je lui en voulais tellement que j'avais envie de le frapper. Mais maintenant que ça fait neuf mois que les événements sont passés, et trois mois que le divorce a été prononcé, la rancune a disparu. Seule reste l'amertume et le regret d'avoir offert mon cœur à la mauvaise personne.

J'étais tellement persuadée qu'il était Monsieur Parfait quand on a commencé à sortir ensemble !

On était les deux jeunes pâtissiers les plus prometteurs de la Maison Folette, le duo de choc de la scène parisienne. On vivait pour le boulot, on ne comptait pas nos heures et on adorait ça.

Puis un jour, une opportunité s'est présentée. En réalité, c'était un cheval de Troie qui a infecté et ruiné notre mariage, mais on ne s'en était pas méfiés à l'époque.

Le P-DG de la boîte nous avait offert un poste dans un restaurant qu'il venait d'ouvrir. Il nous avait laissé le soin de choisir qui de nous deux prendrait la place. J'avais demandé quelques jours pour réfléchir, en espérant secrètement que Bruno me l'offre, ou qu'il propose que l'on tire à pile ou face. Alors, je lui aurais dit avec magnanimité que le job lui revenait. S'il avait hésité, j'aurais insisté. Je lui aurais menti en lui disant que je n'étais pas encore prête pour ce niveau de responsabilités et que je préférais attendre un an ou deux.

À l'heure du déjeuner, le jour où on nous avait fait l'offre, Bruno m'a prise à part.

— Ce poste, je le veux, Julie.

J'ai soutenu son regard, en essayant de digérer ces mots. Au bout d'un moment, il a tourné les talons et a disparu dans le couloir. Je me suis dépêchée de le suivre.

Bruno s'est rendu directement dans le bureau du P-DG à qui il a annoncé qu'il prenait le poste. Le patron m'a lancé un regard, comme pour vérifier si ça me convenait. Forçant un sourire, j'ai hoché la tête en confirmant les dires de Bruno.

Ce ne sont pas de bons souvenirs.

Avec un goût amer dans la bouche, je monte sur mon vélo et écrase les pédales.

Qu'est-ce que j'étais malheureuse à cette époque !

Je voulais que la terre entière partage ma tristesse. Les semaines qui ont suivi la décision de Bruno, j'ai beaucoup travaillé sur moi-même pour digérer cet épisode. Je me suis dit que la carrière représentait tout pour un homme, bien plus que pour une femme. Je me suis souvenue combien mon père était acharné, et à quel point je m'étais engagée dans ce même type d'histoire en me mariant avec un homme ambitieux.

Je me suis aussi rappelé que peu importe le cas de figure, j'avais prévu de céder le poste à Bruno.

Pourquoi ne pas profiter de cette situation et tomber enceinte ? Je me souviens me l'être demandé. Il n'est pas inhabituel que les jeunes femmes se mettent à faire des bébés quand leur carrière stagne. C'était le moment idéal pour moi. Je venais d'avoir vingt-neuf ans. Mon horloge biologique ne faisait pas encore tic-tac, mais je sentais ses aiguilles commencer à s'agiter et à se fléchir.

Seulement, je n'étais plus tout à fait sûre de vouloir fonder une famille avec Bruno.

La façon dont il s'était comporté face à cette promotion m'avait atteinte comme un coup de poignard dans le cœur. Il aurait au moins pu attendre qu'on soit à la maison, ce soir-là. Il aurait pu défendre son point de vue et essayer de me convaincre, ou au moins me préparer.

Mais sa priorité avait été de battre le fer tant qu'il était encore chaud.

Avant même que je le sache, la passion qui avait imprégné notre relation s'était envolée, du moins en ce qui me concernait. La colère et la déception m'avaient tellement blessée que j'avais envie de lui faire du mal en retour.

Est-ce que je me suis battue pour sauver notre mariage ? Sans aucun doute.

Mais en l'espace de deux ou trois mois, l'amertume l'a emporté. J'ai eu beau rationaliser et édulcorer, il m'était devenu impossible de nier à quel point Bruno m'avait déçue.

En m'arrêtant aux feux tricolores, je regarde aux alentours et réalise que je suis à nouveau à la Butte Royale. Je ne me souviens pas avoir décidé de revenir ici en sautant un épisode de *La Fazenda*. Mais je sais pourquoi mon subconscient m'a attirée dans cette partie de la ville.

J'ai besoin de parler à la voisine de Maurice Sauve, Pascale.

Lorsqu'elle est passée à la boutique, elle s'est montrée très disponible et a partagé de nombreux détails d'une grande importance. Elle n'a pas eu besoin d'être encouragée ni amadouée, bien au contraire ! Mais à l'époque, je n'enquêtais pas encore « officiellement ». Éric et moi lui avons posé quelques questions par curiosité, sans intention précise.

Et si on avait négligé un élément important ?

Peut-être que Pascale pourrait m'en dire plus sur Nadia et Charline, quelque chose de tangible, un vrai mobile, ou une action qui sentirait le crime. Parce que tout ce que j'ai pour le moment, ce n'est qu'une hallucination et de la spéculation.

Aux dernières nouvelles, aucune des deux n'a valeur de preuve devant un tribunal.

Je descends de mon vélo et je marche jusqu'à chez Maurice en étudiant les maisons à gauche et à droite. Pascale a dit que sa maison était collée à celle de Maurice. La dernière fois que je suis venue, la vieille dame qui m'a indiqué où vivait Berthe est sortie de la maison de droite. Elle pourrait bien être la belle-mère de Pascale, mais je vais quand même commencer par celle de gauche.

Expirant un souffle résolu, j'appuie sur la sonnette.

Pascale m'ouvre et me regarde. Elle a du mal à me situer.

— Julie, la propriétaire de la pâtisserie sans gluten, dans le vieux centre, expliqué-je.

Elle se tape le front.

— Mais bien sûr ! Qu'est-ce qui vous amène ici ?

— J'aimerais vous poser quelques questions sur Maurice, si vous avez deux minutes ?

Je sais à quel point ma requête doit paraître bizarre. À sa place, je ne sais pas si j'aurais bien voulu répondre aux questions de quelqu'un qui n'est ni policier, ni journaliste, ni même agent d'assurance.

Mais, à ma grande surprise, elle m'invite à entrer.

— Avec plaisir. Je faisais justement chauffer du thé.

Je la suis dans son salon encombré.

Pascale se précipite sur le canapé et repousse trois ou quatre oreillers avec des chats brodés dessus.

— Asseyez-vous là, j'en ai pour un instant.

Cinq minutes plus tard elle revient avec un plateau chargé de deux tasses fumantes sur des petites assiettes, un bol rempli de morceaux de sucre et un autre de biscuits industriels.

Elle s'installe et me tend l'une des tasses.

— Dites voir, vous savez si Nadia ou Charline avait les clés de la maison de Maurice ?

— Toutes les deux, oui.

Elle met trois petits cubes blancs dans son thé.

— Du sucre ?

— Non merci.

— Je les ai vues entrer et sortir plusieurs fois pendant que Maurice était absent.

Mon cœur s'accélère.

— Le jour de sa mort aussi ? Vous avez vu l'une ou l'autre entrer chez lui ?

— Ce jour-là j'étais à Aix donc…

Elle m'adresse un sourire désolé et attrape le bol sur le plateau.

— Un biscuit ?

Ils ont l'air d'être en plastique, bourrés de gluten et sans aucun doute d'une ribambelle de composants qui commencent par un « E ». J'ai pourtant l'impression que ça ferait plaisir à mon hôtesse que j'en prenne un.

Pascale me tend le bol.

Je sens aussi que si je refusais, elle serait contrariée.

Je lui tends mon assiette.

— Avec plaisir.

— Ils sont deux fois moins bons que vos cannelés, je vous l'accorde, déclare-t-elle en m'en servant deux. Mais ils sont exactement neuf fois moins chers.

Je cligne des yeux, puis j'éclate de rire.

— Bien vu !

Elle glousse, avant de reprendre.

— Après le divorce, Nadia et son ex-belle-mère Huguette sont restées proches. Nadia aidait Huguette à faire ses courses, l'accompagnait quand elle pouvait, participait aux tâches de la maison… Des choses de ce genre.

— C'était gentil de sa part, fais-je remarquer en plongeant mon biscuit dans le thé. Et Maurice était d'accord avec ça ? Il était où à ce moment-là ?

— Maurice avait été muté dans un bureau de poste à Aix. Il partait tôt le matin et revenait tard le soir.

— Je vois.

— Les dimanches, il emmenait Huguette manger, mais c'était tout. On ne peut pas dire qu'il prenait particulièrement soin d'elle, mais ça n'avait pas l'air de la déranger plus que ça.

— Ah bon ?

Pascale fait un signe de croix.

— Que Dieu me pardonne de dire du mal des morts, mais Maurice était assez égocentrique. Au fond, Huguette l'aimait bien, mais il l'ennuyait quand même, alors elle préférait la compagnie de Nadia, Berthe ou moi, plutôt que de son fils.

Tout en sirotant son thé, elle me raconte quelques anecdotes pour illustrer son propos. Une fois ma tasse vide, je la remercie pour son aide et demande où je peux aller la rincer.

— Quelle idée ! Laissez-moi plutôt vous raccompagner, dit-elle.

Sur le chemin du retour, je repense à notre conversation.

Est-ce que j'ai appris quelque chose de nouveau sur Maurice Sauve ? Je crois bien. Est-ce que j'ai réussi à extraire l'information juteuse que j'espérais qui incriminerait Nadia ou Charline ? Non, malheureusement.

Il y a quelque chose, un détail important qui m'échappe, j'en suis certaine, mais pour l'instant je n'arrive pas à savoir quoi. En tout cas, l'enquête « amusante » que m'avait promise Rose ne semble mener nulle part. Tout ce que l'on a pour le moment confirme ce que les policiers ont dit : c'était une mort naturelle.

Je ne lâcherai pas l'affaire sans avoir parlé à Nadia, mais une fois que je l'aurai fait, ce sera fini. Je donne encore une semaine à notre équipe de détectives amateurs pour jouer aux enquêteurs. Si rien de révolutionnaire n'arrive d'ici le 20 juin, j'annule tout.

9

À 10 heures pétantes le lendemain, je quitte Éric pour rejoindre Rose qui promène Lady vers les Arènes.

— Elle avait besoin de voir du paysage, m'informe mamie.

Je me penche et caresse Lady.

— Moi aussi.

Tout en déambulant dans l'arène, je mets Rose au courant sur ce qu'Éric, Flo et moi avons découvert ces derniers jours. En échange, elle me raconte ce qui s'est passé dans *La Fazenda* la veille au soir. En d'autres termes, très peu de choses. Aucune protagoniste ne s'est découverte enceinte, personne n'est mort, personne n'a appris qu'il avait été adopté ou que son mari était un criminel recherché, et personne n'a fait quoi que ce soit de scandaleux par amour.

Tant dans la fiction que dans la vie, les intrigues sont au point mort.

Lady explore les alentours, haletant sous la chaleur.

Rose pointe son élégant chapeau à bords larges.

— Tu devrais en porter un toi aussi.

— Pas mon style, j'essaie de m'échapper.

— Prends au moins de la crème scolaire, alors, dit-elle. Tu en portes j'espère.

En mordant le coin de ma lèvre inférieure, je lui lance un regard coupable.

— Pour ma défense, les magazines féminins conseillent de s'exposer au soleil pour engranger la vitamine D.

— Ils disent aussi que le soleil fait vieillir la peau et donne des mélanomes.

— Ça m'aide vachement, mamie, dis-je avec une pointe d'ironie.

— Mais pas d'inquiétude, ma chérie, il y a une solution.

Elle baisse la voix comme si elle allait me livrer un secret de la plus haute importance, puis continue :

— Je garde toujours une partie de mon corps sans protection pour avoir ma dose de vitamine quotidienne, et je fais tourner les parties pour éviter la surexposition. Un véritable travail par roulement !

Je prends un instant pour admirer son ingéniosité.

— Et là, c'est quelle partie qui est au travail ?

— C'est évident, non ?

Elle pointe le haut de son bras gauche, en resserrant son foulard de soie sur son bras droit et ses deux avant-bras, avant de poursuivre :

— Sinon pourquoi je porterais ce top sans manches peu flatteur et ce châle complètement dépassé ?

J'adore cette femme !

Même si Flo et moi avons souvent dit être revenues à Beldoc pour nous ressourcer dans la ville de notre enfance, j'avoue sincèrement que c'est aussi parce qu'on avait besoin de retrouver Rose dans nos vies. On voulait probablement toutes les deux rattraper les années loin de celle qui a joué un rôle si important dans notre enfance. On voulait enfin lui donner la chance de faire ce que papa lui avait toujours refusé : s'occuper de ses petites-filles… À sa manière.

Après être revenues au point de départ, Rose nous emmène dans la rue la plus chic de tout Beldoc, l'avenue du Général de Gaulle.

D'un côté, il y a les boutiques et les restaurants de luxe dont les auvents rouges et crème nous souhaitent la bienvenue. De l'autre, la plus grande collection d'hôtels particuliers que l'on peut trouver en ville – ici, on les appelle les « bastides » – leur font face.

En passant devant l'une de ces bastides en stuc décorée d'une arche au rez-de-chaussée et d'une terrasse au-dessus, Rose ralentit. J'imagine que c'est pour l'admirer. Une fontaine ancienne préside dans la cour pavée. La carte postale est complétée par une végétation bien entretenue composée de vignes, d'oliviers et de pins.

Une plaque dorée sur le mur annonce le nom de l'occupant des lieux, « Maître Serge Guichard, notaire ».

Tiens, tiens…

Au moment même où je lis l'inscription, Me Guichard passe la porte en ajustant son nœud papillon et son costume sur mesure.

Rose, immobile, lui sourit.

En la voyant, il incline la tête et dit :

— Ma chère Rose, quelle merveilleuse idée de m'avoir prévenu que tu passais dans le coin !

— Heureusement que tu n'étais pas en pleine réunion, dit-elle en inclinant gracieusement la tête.

— En fait c'était le cas, mais je me suis dit que ça ne m'empêcherait pas de venir te saluer.

Comme c'est intéressant.

Ils ne se sont pas fait la bise, donc ils ne doivent pas encore être ensemble… Pour le moment.

Rose me montre du doigt.

— Tu te souviens de Julie ?

— Bonjour, maître, dis-je.

— Bonjour, mademoiselle !

Son regard revient vers Rose.

— Bien sûr que je me souviens d'elle, cela fait seulement deux mois que je l'ai aidée à acheter sa boutique.

Ils s'échangent un regard pendant un court instant.

— Vous vous ressemblez comme deux gouttes d'eau, mesdames ! Mêmes yeux vifs, même grâce, même beauté, complimente Me Guichard.

Rose rit doucement et repousse le compliment d'un geste de la main.

— Elle a mon visage d'il y a trente ans.

Quarante-quatre ans, mamie. C'est notre écart d'âge exact. Mais je garde cette info pour moi. Je sais qu'elle fait exprès de se tromper par coquetterie, non par méchanceté.

Rose n'a pas voulu insinuer que je faisais quatorze ans de plus que mon âge. Elle a juste fait disparaître quatorze ans du sien !

Me Guichard et Rose échangent des plaisanteries qui ressemblent surtout à de la drague. Puis, visiblement à regret, il retourne à sa réunion.

— C'est ton nouveau petit ami ou c'est juste un prétendant de plus ? demandé-je à Rose, alors que nous reprenons notre promenade.

— C'est juste mon notaire et mon élève de Doga.

— Mamie, il n'a pas de chien.

Elle ignore mon commentaire.

— Je crois qu'il t'aime bien en tout cas, dis-je.

Elle mordille sa lèvre inférieure.

— Il est veuf et n'a personne avec qui partager sa vie pour l'instant.

— Tout comme toi.

Elle soupire.

— J'sais pas, Julie, ça fait vingt ans que ton grand-père n'est plus là. Je me suis attachée à mon indépendance.

— T'as pas besoin d'emménager chez lui, tu sais.

— Aucune chance que ça arrive ! dit-elle en riant. Il est mignon et il y a dix ans, j'aurais peut-être bien voulu. Mais là…

Lady essaie de grignoter quelque chose de peu appétissant sur le trottoir. Oubliant Me Guichard, Rose se met à crier : « Non, Lady ! Lâche ça ! Tout de suite, j'ai dit ! »

Le chien se fige.

Rose lui lance encore quelques « non » catégoriques, et Lady lâche l'affaire.

On tourne à gauche en laissant la rue du notaire derrière nous.

— Cat a appelé hier, dit Rose.

— Comment elle va ?

— Bien, dit-elle m'observant. C'était quand la dernière fois que vous vous êtes parlées ?

— Il y a quelques jours, justement.

— Qui a appelé qui ?

— Elle m'a appelée, admets-je.

— Et à quand remonte la dernière fois où tu l'as appelée, toi ?

— Il y a peut-être… Un mois ? J'étais encore à Paris… Disons deux.

Rose secoue la tête.

— Je ne comprends pas, c'est ta sœur jumelle ! Vous êtes censées avoir un lien particulier, être inséparables !

— C'est compliqué.

Cat est vraiment trop à l'ouest, même pour moi. Pour dire vrai, je lui en voulais déjà bien avant qu'elle ne devienne aussi étrange. Non qu'elle m'ait dit ou fait quoi que ce soit, mais c'est parce qu'elle arrive à vomir. Et moi non. Mais c'est une longue histoire.

Comme j'ai l'impression que Rose veut continuer à m'accuser d'être la jumelle maléfique, je me retourne vers Lady en espérant qu'elle fasse une autre bêtise. Pas de chance. Elle reste sage comme une image.

Désespérée, je regarde aux alentours en scrutant les gens et les immeubles. Mon regard passe sur un bandeau tricolore et une inscription au-dessus de l'entrée d'un bâtiment. Aussitôt que mon cerveau enregistre ce qui est écrit, je rembobine et relis : Gendarmerie nationale.

— Je crois que je vais devoir te laisser, Rose.

Je pointe le bâtiment avant d'expliquer :

— Les gendarmes ont besoin que je leur signe des papiers à propos de Maurice Sauve. Autant que je le fasse maintenant.

On se dit au revoir et je monte les marches de la gendarmerie. Une fois à l'intérieur, je passe le portique de sécurité et je me dirige vers la réception sous l'œil omniprésent des caméras de surveillance.

— Je voudrais voir le capitaine Adinian, dis-je après m'être présentée à la réceptionniste. Elle passe un appel.

Le capitaine vient me chercher et me mène à son bureau.

Sur le chemin, nous passons devant plusieurs portes fermées. Celles qui sont ouvertes donnent sur des salles d'attente meublées de chaises en plastique, sur une salle de repos où se trouvent un réfrigérateur, un micro-ondes et une machine à café, et sur un espace pour les enfants aménagé avec des meubles moelleux sur lesquels ont été déposés des livres de coloriage.

Les téléphones sonnent de tous les côtés et les portes automatiques s'ouvrent et se ferment. Derrière une porte fermée, j'entends la voix d'un homme ivre crier qu'il n'a rien fait. Deux portes plus loin, une femme au bord des larmes supplie des policiers de ne pas lui retirer les derniers points de son permis.

Je suis Adinian au deuxième étage. Un mélange d'odeurs douteuses s'échappe de différentes portes, mais dans le couloir, c'est le parfum du détergent à la citronnelle qui domine.

Nous entrons dans son étroit bureau.

— Vous avez de la chance que je sois là, dit Adinian en montrant la chaise de l'autre côté de son bureau et en me tendant sa carte de visite. Appelez d'abord la prochaine fois.

Je saisis la carte.

Il s'assied et m'étudie du regard.

— Comment puis-je vous aider ?

— Vous vouliez me faire signer des papiers, dis-je. Comme j'étais dans le quartier, je me suis dit que…

— Ils ne sont pas encore prêts. Comme je vous l'ai dit…

— C'est la dernière de vos priorités, je l'interromps sans parvenir à masquer mon ton railleur.

— En effet, confirme-t-il sèchement.

— Vous saviez que l'ex de Maurice et sa nouvelle copine avaient toutes les deux accès à sa maison ? je lui demande.

— Non.

— Ben maintenant, vous le savez.

— Madame Cavallo, dit-il du ton las du parent qui doit supporter les caprices de son bambin, je ne sais pas où vous avez récupéré cette information, mais ce n'est pas ça qu'on appelle une piste. Ça ne change rien.

— Mais elles avaient toutes les deux des raisons de lui en vouloir !

— Si j'enquêtais sur tous ceux qui en veulent à quelqu'un, je n'aurais jamais le temps pour les vrais criminels.

Très bien, capitaine. Message reçu.

Brusquement, je glisse de ma chaise et me lève.

— Je ne vous dérangerai pas plus longtemps dans ce cas. Au revoir.

— Écoutez, dit-il plus doucement en se levant à son tour. La brigade a eu beaucoup à faire cette année. On n'a jamais été plus occupés que depuis que j'ai été nommé capitaine.

Il me voit comme une enquiquineuse.

— Je comprends, dis-je sur un ton conciliant.

— J'ai pris les dépositions des proches de Maurice Sauve et de son médecin. Monsieur Sauve subissait un niveau de stress élevé depuis les trois dernières années, entre le divorce, le décès de sa mère et le fait qu'il avait quitté le métier qu'il avait toujours eu. Malheureusement, tout cela l'a rattrapé au moment où ça commençait à mieux aller. Ce sont des choses qui arrivent.

L'image de la fiole tendue au-dessus du verre de vin de Maurice me revient à l'esprit mais je la repousse.

— Vous avez raison.

— Laissez-moi vous raccompagner.

Sans attendre ma réponse, Adinian s'avance vers la porte. Je le suis.

— Vous savez, j'ai entendu que de nos jours, on attrapait moins de criminels qu'au temps de Sherlock Holmes.

— C'est vrai ?

Il commence à descendre les escaliers.

Il est rapide mais j'arrive à le suivre.

— À vous de me le dire, capitaine.

— À l'époque de monsieur Holmes, je ne sais pas, mais aujourd'hui, plus de 85 % des meurtres sont élucidés.

On arrive dans le hall de réception.

— Et qu'en est-il des 15 % restants ? demandé-je. Vous arrivez à dormir malgré cela ?

Un gendarme portant un casque de moto se précipite vers lui.

— Vélo électrique volé, mon capitaine !

Il reprend son souffle avant d'ajouter :

— C'est en cours, on suit l'affaire sur les caméras en temps réel.

Adinian pointe le casque.

— Vous allez le poursuivre ?

— Blanc et moi, on va essayer de l'intercepter avant qu'il ne traverse vers la rive sud.

Il regarde Adinian comme s'il attendait une réaction.

— Mon capitaine ?

— Vous avez besoin d'un coup de main ?

— Oui, mon capitaine.

Adinian enfile le casque que la réceptionniste lui tend.

— Allez-y, Isnard, je vous rejoins.

Sa mâchoire est crispée quand il se retourne vers moi.

— Chère madame, jusqu'à ce que j'aie une très bonne raison de suspecter un acte criminel, le tueur de Maurice Sauve est une crise cardiaque. Et je ne peux pas écrouer une crise cardiaque.

Il tourne les talons et court vers la sortie.

Je grimace et l'imite dans ma barbe.

— « Chère madame, je ne peux pas mettre en examen une crise cardiaque ! »

— J'ai tout entendu ! crie-t-il depuis la porte.

Puis il dévale les marches, sans se retourner.

10

À 11 heures du matin, Magda se pavane, un café à la main. Elle éteint sa cigarette entre ses doigts avant d'entrer dans ma pâtisserie. Pas de deuxième tasse pour moi, ni d'autres offrandes en vue. Au moins, elle a fait l'effort de venir sur mon territoire.

En plissant les lèvres, elle avale une petite gorgée.

— Comment vont les affaires ?

Serait-ce une sorte de demi-rameau d'olivier ?

Je lui offre mon plus beau sourire.

— Encore trop lentes à mon goût, mais ça s'améliore.

Elle ricane.

— Même après le cadavre ?

— Peu de gens savent qu'il est mort ici, rétorqué-je en relevant le menton. Les Beldociens n'ont pas l'air d'associer l'événement à ma boutique ou à mes créations.

Au lieu de répondre, Magda balance sa cigarette de droite à gauche entre ses doigts. Est-ce la cinquième ou la dixième de la journée ? J'en ai perdu le compte.

J'accueille le silence de Magda comme un bon signe et refais une tentative pour améliorer nos relations.

— Je vais tenir un stand au prochain Salon de la Lavande. J'imagine que vous y serez aussi ?

— À ton avis ? La lavande c'est mon domaine. Ça fait vingt ans que j'ai ouvert, vingt ans que j'y participe.

Elle me regarde avec suspicion.

— Comment ça se fait que t'as un stand ? La mairie a refusé la demande de mon amie qui tient une chocolaterie en ville. On lui a argué que sa marchandise n'était pas conforme à la thématique du salon.

— Nous vendons des macarons et des gâteaux à la lavande.

Je montre l'une des vitrines.

— Tout ce qui va du violet clair au foncé en contient. De plus, Éric a fait des cookies à la lavande ce matin. Vous voulez en goûter un avec votre café ?

Magda ne prend pas la peine de répondre à ma question.

— Je sais pourquoi ils ont choisi une petite nouvelle plutôt que ma copine. Ta grand-mère Rose est amie avec l'adjointe au maire qui me déteste. Quelle salope !

— Rose est amie avec la moitié de Beldoc, admets-je avec un rire bon enfant.

La volonté dont je viens de faire preuve pour maintenir cet échange cordial mérite une mention spéciale de l'Association Française des Grands Maîtres de la Tempérance et de la Maîtrise de Soi. Et peut-être une mention de Jésus aussi.

Parce que, franchement !

Magda ne sait pas à quel point il serait tentant de souligner que l'adjointe au maire n'a pas si tort de la détester. Ou de clarifier qui est la vraie salope ici… Mais je ne le ferais pas. Il est hors de question que je laisse Magda m'entraîner dans une dispute stupide qui envenimerait notre *relation* déjà pas évidente.

— Je sais bien que Rose est amie avec la moitié de la ville, lâche-t-elle en retroussant ses lèvres. Mais l'autre moitié, celle qui a un cerveau, ne peut pas la supporter.

Courage, Julie !

Heureusement, on sonne à la boutique de Magda, qui court accueillir son nouveau client. Éric et moi continuons de travailler à mesure que la chaleur augmente.

À 16 heures, Flo débarque avec cette expression joyeuse que je ne connais que trop bien. En général, ça veut dire qu'elle est au courant de quelque chose que j'ignore et qu'elle compte me le cacher. Ou du moins, elle me le révélera plus tard, à l'aide d'un petit chantage.

— Bon, c'est quoi ? lui demandé-je, pendant qu'elle enfile son tablier. Tu crèves d'envie de me le dire, donc passons directement à cette étape-là.

Flo attache les ficelles dans son dos.

— En temps voulu.

— Ça a rapport avec notre enquête ?

Elle fait le tour du comptoir.

— Peut-être.

— Alors dis-le-nous, plaide Éric en émergeant du lab… de la cuisine. On est une équipe, tu te souviens ?

— Je vais vous le dire à un moment où à un autre.

Flo se frotte le menton, les yeux pleins de malice, puis ajoute :

— Ça pourrait être tout de suite si vous nous aidez, Tino et moi, à faire de la pub pour nos visites guidées.

Elle aurait pu simplement nous le demander !

C'est le moment de donner une petite leçon à ma sœur.

— Je ne négocie pas avec les mauvais joueurs.

Elle cligne des yeux, visiblement déconcertée par ma réponse ferme.

Éric s'approche de la sortie, clairement réticent à se laisser entraîner dans une dispute entre sa patronne et sa sœur. Cela peut se comprendre.

— Au revoir, mesdames ! lance-t-il sur le pas de la porte. J'en ai fini pour aujourd'hui.

— Je sors aussi pour quelques heures, dis-je.

Flo me regarde de plus près.

— Où ça ?

— À la Butte Royale. Je vais reparler à Berthe, annoncé-je, alors que je n'avais pas de plan jusqu'à présent.

— Vous espérez en tirer plus d'elle que de Pascale ? demande Éric. J'approuve.

— Je te raconterai demain matin.

Flo s'approche du derrière du comptoir. En temps normal, elle aurait demandé à ce qu'on repousse le débriefing à l'après-midi afin qu'elle puisse être présente. Sauf que ça l'aurait obligée à renoncer à son chantage et à cracher ce qu'elle avait découvert sans rien en échange.

Quel dilemme !

En me battant pour ne pas afficher un sourire satisfait, je suis Éric hors de la boutique. Cette fois, je vais marcher jusqu'à la Butte Royale. Les pentes, là-bas, sont trop raides pour mon vélo, et je ne suis pas d'humeur à faire de l'exercice cet après-midi. D'ailleurs, mon premier achat, dès que je pourrais me l'offrir, sera un vélo électrique.

Alors que j'avance vers le Rhône, ce n'est pas à Flo, mais à Cat que je pense. Rose dit qu'elle ne comprend pas qu'on ne soit pas plus proches. À sa place, je ne comprendrais pas non plus.

Cat et moi, on partage plus que l'apparence physique. À vrai dire, on a une affreuse quantité de choses en commun. On aime les mêmes livres et les mêmes types de films. Si on nous tendait un menu, on choisirait le même plat sans se concerter. On a toutes les deux le mal des transports. Mais une différence majeure nous a mises dans deux ligues distinctes depuis qu'on est petites.

Cat arrive à vomir, et moi non.

En fait, le corps de Cat en fait des tonnes. La moindre gêne que le monde lui inflige est exprimée de la façon la plus fascinante et la plus spectaculaire qu'on puisse imaginer. Quand on était petites, on ne pouvait pas rester plus de trente minutes en voiture sans avoir des nausées. Sauf que quand papa s'arrêtait sur l'autoroute, Cat s'écroulait et vomissait toutes ses tripes. Alors que moi, je restais là à la regarder.

Quand on reprenait la route, je me sentais encore plus mal mais j'étais incapable de vomir. Mon corps stoïque gardait tout, comme si de rien n'était. Évidemment, à chaque fois que je demandais à papa de s'arrêter parce que j'étais malade, il ne me croyait pas. Maman non plus, d'ailleurs.

Mais ce n'était pas seulement pour le mal des transports.

À chaque fois que Cat et moi attrapions le même virus – et c'était toujours le cas – elle avait de la fièvre, une éruption cutanée effrayante et elle vomissait énormément.

Et moi ? J'avais l'impression que mes os et mes muscles s'écrasaient et que ma tête allait exploser sous la douleur. Mais mon corps refusait d'extérioriser toute cette souffrance. Ma température augmentait à peine et bien entendu, il m'était impossible de vomir.

Du coup, quand Cat était autorisée à rester à la maison, à manger de la glace et regarder la télé, j'étais déclarée apte à aller en cours. Si j'osais protester, maman m'expliquait patiemment qu'il ne fallait pas que je sois jalouse de l'attention que Cat recevait. Elle me disait que Cat était si malade, pauvre petite chose, alors j'aurais plutôt dû avoir de la peine pour elle.

Maintenant, que ça soit clair : je savais que maman et papa m'aimaient. Je n'en ai jamais douté. Ce qui me frustrait, c'est que l'amour de maman ne lui permettait pas de voir à travers mon absence déplorable de symptômes. Pourquoi n'était-elle pas capable de… lire dans mes pensées ? Comme Cat et moi étions les jumelles du milieu, on aurait dû recevoir le même ratio d'indulgence et de rigueur de la part des parents.

Mais ce n'était pas le cas. Cat était la jumelle fragile et moi la robuste.

Est-ce que c'était la faute de Cat ?

Absolument pas.

Est-ce que je lui en voulais ?

Bon sang, oui.

J'ai bien peur que ça soit encore le cas, un peu par habitude. Ajoutez à cela sa descente dans la folie quand elle s'est mise à accepter et à assumer son « don » en devenant médium, et vous avez la réponse à la question que Rose m'a posée.

Sauf que je ne pouvais pas lui expliquer tout ça sans dénigrer ma sœur jumelle.

Tandis que j'y repense, des jardinières de géraniums rouges familières attirent mon regard. Me voici devant chez Berthe.

Elle ouvre la porte à ma seconde sonnerie.

— Merci d'avoir bien voulu qu'on se reparle, c'est très gentil de votre part ! dis-je.

Une odeur de beignets frits dans la pire huile imaginable m'attaque le nez. Discrètement, je m'éloigne de la porte. Au moins, je n'ai pas à m'inquiéter de vomir, ce qui est plutôt avantageux dans ce cas précis. Mais mon esprit a tendance à se ramollir quand j'ai la nausée, et là, j'ai besoin d'être vive.

Berthe me regarde de haut en bas en attendant que je parle.

— Connaissiez-vous bien Nadia et Charline ? demandé-je.

— Assez, dit-elle. Nadia mieux que Charline, pour des raisons évidentes.

— Diriez-vous que Nadia ne s'est toujours pas remise du divorce ?

Elle répond par un hochement de tête.

Je regarde en direction de la maison de Maurice en pensant à voix haute.

— Vous savez s'il avait officiellement adopté le fils de son ex-femme ?

— Il ne l'avait pas fait, dit Berthe en se grattant la joue. C'est assez étonnant, il aimait vraiment bien le gamin.

— La maison vous revient, alors ?

— J'imagine, oui.

Elle hausse les épaules avant de poursuivre :

— Une fois que les notaires auront fini de vérifier leurs bases de données et que tout sera en règle, je la viderai et la vendrai. Vu son état, elle ne rapportera pas grand-chose.

— C'est toujours mieux que rien, dis-je.

Je suis sur le point d'ajouter, *surtout pour quelqu'un qui vit avec un budget aussi serré que le vôtre*, mais je me mords la langue. Ça fait partie de ces remarques qui partent d'une bonne intention mais sont désagréables à entendre dites à voix haute.

— Nadia était furieuse quand elle a su que tante Huguette n'avait pas fait de testament, dit Berthe.

— Pourquoi ? Elle s'attendait à avoir quelque chose ?

— Oui, bien sûr ! Nadia s'entendait très bien avec sa belle-mère. Elle espérait que tante Huguette allait léguer quelque chose à Kevin ou à elle. À mon avis, elle ne s'attendait pas à récupérer la maison, mais elle comptait sûrement sur du mobilier.

— Quel genre de mobilier ?

— Tante Huguette avait cette penderie… Ne me demandez surtout pas si c'était de l'Art Nouveau ou de l'Art Déco, j'en ai aucune idée, mais elle était assez ancienne et jolie pour valoir quelques centaines d'euros. Il y avait aussi de l'argenterie, des bibelots. Le grenier et le sous-sol étaient remplis de vieilles babioles.

Je souris.

— Ça arrive souvent dans les maisons qui restent dans les familles pendant plusieurs générations.

— Pas dans la mienne, fait-elle remarquer. Ma mère s'est débarrassée de tout ce qu'on avait juste avant que je naisse.

— C'est dommage !

— Cette maison, dit Berthe en indiquant derrière elle, elle est trop petite pour accumuler les vieux trucs. Celle de tante Huguette est un peu plus grande. Quand Maurice l'a vidée et a vendu les dernières pièces à un antiquaire, il m'a dit qu'il s'était fait cinq mille euros en tout.

Je lève un sourcil.

— Pas trop mal pour de vieilles babioles.

— Je ne vous le fais pas dire !

— Vous pensez que Nadia espérait hériter de tous les biens matériels d'Huguette ?

— Je suis quasiment sûre qu'elle comptait là-dessus. Je pense que tante Huguette les lui avait promis, mais comme elle n'a jamais pris la peine d'écrire un testament, tout est revenu à Maurice.

— Qu'est-ce qui vous fait penser qu'Huguette avait promis de mettre des choses de côté pour Nadia ?

— Après le divorce, pendant que Maurice était à Aix, Nadia allait et venait chez tante Huguette, comme si elle y habitait encore…

Berthe hésite en se tournant nerveusement.

Je parie qu'elle est tiraillée entre son désir de vider son sac, et son refus de dénoncer Nadia. Finalement, la première envie prend le dessus.

— Peu après le décès de tante Huguette, j'ai entendu Nadia parler au téléphone avec quelqu'un au marché, raconte Berthe. Elle disait qu'elle avait été trop naïve et stupide, et que les Sauve l'avaient utilisée.

Berthe ouvre la bouche pour ajouter quelque chose, puis s'empresse de la couvrir de sa main.

Je me penche vers elle, suppliant en silence. *S'il vous plaît, s'il vous plaît !*

Berthe laisse tomber sa main, le visage vaincu.

— Elle a aussi dit qu'elle allait le leur faire payer.

Bon sang !

La femme de mon *cinémagraphe*, celle qui avait essayé d'empoisonner Maurice Sauve devait être Nadia. Elle a dû lui faire croire qu'elle était passée à autre chose pour qu'il l'invite à boire un verre afin de marquer la fin des hostilités.

Et si ce rêve, ce cinémagraphe, *n'était pas qu'une hallucination ?*

— L'hiver dernier, est-ce que Maurice a eu des problèmes de santé, ou une intoxication alimentaire ?

— Pourquoi vous me demandez ça ?

— Comme ça… je me posais la question.

— Non, pas à ma connaissance.

En la remerciant pour son aide, je prends le chemin du retour. Une partie de moi est surexcitée par la nouvelle information que j'ai eue et qui pourrait constituer un indice. L'autre partie est frustrée car je ne peux pas en faire grand-chose.

À la limite, je pourrais essayer de faire comprendre à Adinian, qui préfère courir après des voleurs de vélo plutôt que de creuser cette affaire, qu'il pourrait s'agir après tout d'une affaire de meurtre.

Que ferait-il si j'y arrivais ?

Si j'étais flic, j'essaierais de mettre la main sur les enregistrements des coups de fil de Nadia. Je lui poserais des questions sur ses allées et venues et sur ce qu'elle faisait le jour de la mort de Maurice Sauve, pour voir si elle a un alibi solide.

J'interrogerais aussi son fils qui pourrait involontairement lâcher un détail important. Et par-dessus tout, je demanderais une autopsie de Maurice Sauve.

Mais je ne suis pas flic. Je suis juste une pâtissière qui joue aux détectives avec sa grand-mère, sa sœur et son sous-chef.

Qu'est-ce que je pourrais bien inventer pour faire éclater la vérité ?

11

Je suis en train de me sécher après la douche quand Flo appelle.

— D'accord, t'as gagné, dit-elle. On travaille en équipe sur cette affaire, alors je te partagerai mon scoop même si tu refuses de nous aider, Tino et moi.

Je souris en l'entendant parler de « travailler sur cette affaire ». On dirait de vraies détectives ! En même temps, on est bien sur une *affaire*. Comment pourrait-on l'appeler, sinon ?

— J'ai aussi un scoop de mon côté à partager plus tard dans la journée, dis-je.

— Je parie qu'il n'est pas aussi bien que le mien.

— On verra bien.

Je l'entends faire les cent pas dans son appartement. Une porte d'armoire grince. Quelque chose sonne. De l'eau se met à couler.

Elle doit être en train de remplir sa machine à café de merde avec de l'eau. Sérieusement, qui, en France, dans le Sud en plus, au XXIe siècle, boit du café filtré – alias du jus de chaussette ? Je ne connais que deux personnes : Sarah, l'amie anglaise de Rose, arrivée ici trop tard pour changer ses habitudes barbares, et ma petite sœur, Florence Cavallo.

La honte !

— Tu sais, tout ce que je voulais, c'était laisser quelques flyers pour nos visites sur ton comptoir, dit Flo.

— T'avais qu'à me demander.

— Je te le demande alors.

— La réponse est oui.

— Merci, Julie ! T'es quelqu'un de bien, tu sais ?

J'entends d'autres bruits de machine. Je profite de l'accalmie pour m'habiller.

— Tu ne le regretteras pas, promis ! m'assure Flo. Avec Tino, on demande toujours aux gens qui appellent ou qui nous envoient des mails comment ils connaissent notre existence. Je ferai en sorte d'inclure une visite de ta pâtisserie pour tous ceux qui donneront ton nom, pour qu'ils puissent la découvrir.

Je me retiens de rire.

— C'est très gentil.

— Contente de pouvoir t'aider !

En commençant à douter qu'elle distingue l'ironie de la chose, j'ajoute :

— Flo, ma chérie, si quelqu'un te dit que je l'ai renseigné, c'est qu'il a trouvé le flyer dans ma boutique. Ça veut dire qu'il la connaît déjà.

— Oh… euh, c'est vrai.

Elle s'éclaircit la gorge avant de reprendre :

— Et du coup, tu veux entendre mon scoop avant que je le partage avec tout le monde ce soir ?

Je vérifie ma montre.

— Dis-moi.

— Il se trouve que Tino est ami avec quelqu'un qui bosse avec Charline.

— Et alors ?

— On est allés voir le pote de Tino et il s'est arrangé pour qu'on puisse voir une de leurs collègues qui a accès aux registres de pointage de la boîte.

Flo s'interrompt pour plus d'effet avant d'ajouter :

— Charline était absente le jour du meurtre. Elle avait pris sa journée.

Intéressant.

Est-ce que Charline pourrait être la méchante de l'histoire, et non Nadia ? Ou bien sont-elles de mèche ? Une femme bafouée qui s'allie avec une autre femme bafouée contre le responsable de leurs blessures ? Elles avaient toutes les deux les clés de la maison de Maurice, et maintenant, on apprend que Charline n'était pas au travail le jour de sa mort.

— T'as l'air impressionnée, commente Flo à propos de mon silence.

— C'est parce que je le suis. Beau boulot !

— À ton tour, demande-t-elle d'un ton haletant. Ensuite, tu pourras mettre au courant Éric et j'appellerai Rose.

Je lui raconte ma deuxième conversation avec Berthe et ce qu'elle a entendu Nadia dire au téléphone.

— Pas mal, me félicite Flo.

On raccroche, en admettant que nos deux histoires sont à égalité pour le Grand Prix du Scoop.

En partie inspirée par la démarche de Flo qui a vérifié l'alibi de Charline, mais aussi sous le coup de l'intuition, je cherche le numéro de la Croix-Rouge et les appelle.

Au début de l'atelier de macarons, quand Maurice s'est présenté, il a dit qu'il avait travaillé pour eux en Inde pendant un an. Et s'il avait menti ? Si la Croix-Rouge n'avait jamais entendu parler d'un Maurice Sauve résidant à Beldoc ?

Quelqu'un décroche à l'autre bout du fil.

Je prétends être une journaliste du coin qui écrit un article sur Maurice Sauve. Serait-il possible de poser quelques questions sur son généreux volontariat en Inde ?

La personne me demande de rester à l'appareil et me transfère à quelqu'un d'autre. Je patiente en écoutant la musique d'attente et en surveillant l'heure. La personne suivante m'écoute et me dit qu'elle va me passer un collègue. La musique revient. Je commence à regretter mon appel. Il y a de fortes chances pour que non seulement ça ne me rapproche pas de la résolution du mystère, mais qu'en plus, ça me mette en retard au travail.

La troisième personne à décrocher passe au crible des dossiers sur son ordinateur et m'informe dans un anglais teinté d'un délicieux accent indien que Maurice Sauve, résidant au 24, rue du Vieux-Puits à Beldoc en France, a rejoint la Société indienne de la Croix-Rouge au début du mois de janvier de l'année dernière.

— Il y est resté combien de temps ? demandé-je.

— Ne quittez pas, madame, le temps que je vérifie.

Encore un peu de musique et l'opératrice revient.

— Il a travaillé avec la Croix-Rouge jusqu'au dix février, un peu plus d'un mois, madame. Ensuite il a démissionné.

— Vous en êtes sûre ?

— Oui, madame, absolument.

Dès que je la remercie et que je raccroche, les hypothèses commencent à m'étourdir.

Mais je suis à la bourre, là, il faut que je me dépêche ! Les hypothèses attendront.

Quand j'arrive à la pâtisserie, les grilles métalliques sont encore baissées.

Éric n'est pas en retard, c'est moi qui suis arrivée trop tôt, en sautant le petit déjeuner et le maquillage pour être à l'heure. J'ouvre la porte et commence à soulever le premier rideau.

Au fait, ce vélo électrique que je voulais acheter ? Eh bien j'ai changé d'avis. Mon premier investissement, ça sera des grilles électriques.

À mi-chemin, pendant que je grimace, halète et jure devant cette maudite chose, le rideau me prend par surprise et remonte la distance restante aussi facilement qu'une plaque de cuisson glissant dans mon four dernier cri. *Ouf !* C'est comme si l'Homme invisible m'avait donné un coup de main en les lubrifiant.

L'Homme invisible rit.

— Si seulement vous pouviez voir la tête que vous faites !

Je referme ma bouche béante et me tourne en direction de la voix.

Le capitaine Adinian.

Il frotte ses mains sur son pantalon.

— Vous avez un instant ?

D'un hochement de tête rapide, je me précipite à l'intérieur, embarrassée par ma première réaction.

— Vous avez rattrapé le voleur de vélo de l'autre jour ?

— Bien sûr que oui, vous croyiez quoi ? dit-il avec une fierté presque enfantine.

J'ouvre le robinet et me lave les mains.

— Un café ?

— Je veux bien, mais je le paye.

— Ça ira, je m'en fais un aussi donc ça ne me fait pas plus de travail.

Je me dirige vers la machine à café.

— Noir, sans sucre ?

— Exactement.

Pendant que je prépare le café pour deux, il ouvre une pochette de documents agrafés qu'il place sur le comptoir.

— Prêts à être lus et signés, dit-il.

Je lui tends son café. Ses paupières se ferment alors qu'il inspire l'arôme. Je dispose un petit assortiment de macarons sur une assiette et les lui offre.

Au lieu d'en prendre un, il plisse le front. Il m'observe de ses yeux couleur chocolat, et lève l'un de ses sourcils épais et sombres en une expression suspicieuse.

Je lui rends son regard. Ses cheveux et sa barbe sont aussi peu soignés qu'à leur habitude, mais je dois admettre qu'il ne manque pas de charme. Bon d'accord, là, tout de suite, il est vachement sexy. Et ce d'une manière non préméditée, presque à son insu.

Son ton est monocorde quand il se met à parler.

— C'est très gentil de votre part, mais c'est trop.

— Je suis tombée sur des informations plutôt pertinentes, dis-je en plaçant l'assiette sur le comptoir. C'est mon devoir en tant qu'habitante de cette ville de partager ce genre de renseignement avec les autorités.

Il prend une gorgée de son café.

— Hum.

Interprétant cela comme une invitation à poursuivre, je lui raconte ma conversation au téléphone de ce matin avec la Croix-Rouge.

Il me sonde du regard.

— Vous pensez que c'est un jeu, madame Cavallo ?

— Non, bien sûr que non. Je pense juste que la mort de Maurice Sauve est moins évidente qu'elle n'y paraît.

Il pousse un long soupir, vide sa tasse et donne une tape sur la pochette.

— Vous voulez bien les lire et signer s'il vous plaît ?

En attrapant les documents, je pousse de l'autre main l'assiette de macarons vers lui.

— Alors vous voulez bien goûter ça pendant que je lis ?

Il me toise.

— Vous essayez de soudoyer un officier de la gendarmerie, c'est ça ?

— Jamais je ferais ça ! m'exclamé-je, plus choquée par sa question que je ne devrais l'être, mais espérant secrètement que les macarons *facilitent* sa coopération.

J'éloigne tout de même l'assiette.

— Ce n'était pas du tout mon intention, capitaine.

Il la tire à lui.

— D'accord, j'en prends un.

Ses yeux se plissent avec amusement. Tandis qu'il attrape un macaron à la framboise, ses lèvres dessinent un petit sourire en coin, qui disparaît un instant plus tard. Il met le macaron dans sa bouche et ferme les yeux, en mâchant doucement. Je le regarde, au lieu de lire les papiers.

Le petit sourire fugace, je l'ai revu !

D'un coup, je me sens propulsée dans une poche d'air, comme celles que rencontrent parfois les avions. Elles me désorientent toujours, en plus de me faire peur. En tant que passager, je me sens tomber, pendant que mes organes semblent flotter à l'intérieur de mon corps.

Je n'aime pas plus ma réaction face au sourire en coin du capitaine Adinian que je n'aime les vols chaotiques !

Pinçant les lèvres l'une contre l'autre, je recentre mon attention sur les documents devant moi.

Éric entre et se dirige vers l'évier puis vers la machine à café, tout en me lançant un regard interrogateur. Je lui explique la raison de la visite du capitaine Adinian.

Cinq minutes plus tard, la déclaration est lue et signée, et Adinian a engouffré tous les macarons. Il s'essuie les doigts et la bouche avec une serviette en papier.

— Je me renseignerai sur Maurice Sauve et sur son année à l'étranger un de ces quatre.

— Merci beaucoup !

— Que ce soit clair, je ferai ça sur mon temps libre, si jamais j'en ai. Ça ne veut pas dire que la brigade ouvre une enquête, dit-il.

Je lève les yeux au ciel en lui montrant que cela va sans dire, et en essayant de cacher ma déception.

— Madame Cavallo, ajoute-t-il, comme je vous l'ai dit à la gendarmerie, on est débordés. On a trop de groupes à surveiller en ce moment, que ce soit pour protéger le public desdits groupes, ou pour protéger les groupes du public, ou les deux en même temps.

— Quels groupes ? demande Éric.

— Vous ne regardez jamais les infos, jeune homme ? Adinian compte sur ses doigts.

— Les gilets jaunes, les Greta verts, les syndicalistes rouges, les ninjas Black Bloc, les Femen en nude… Il y a du choix sur les couleurs !

— Moi, je choisis les nudes ! déclare Éric avec un petit rire.

— Honnêtement, ça devient compliqué de trouver du temps pour nos clients habituels, dit Adinian.

— Qui sont ? demandé-je, m'attendant à une autre liste haute en couleurs.

— Des criminels comme mon père, coupe Éric, alors que son sourire se transforme en une expression amère.

Connaissant son histoire familiale, je suis de tout cœur avec lui.

Vite, dis quelque chose de drôle, Julie !

Je feins la curiosité.

— Capitaine, êtes-vous en train de nous dire que c'est le moment idéal pour lancer une activité d'appoint, genre racketteur de proximité ?

Les coins de la bouche d'Éric se redressent.

Ouf !

Le visage d'Adinian se fend dans un sourire même s'il secoue la tête.

— Je dis simplement que la gendarmerie est à bout, et que ce n'est pas le moment de chercher midi à 14 heures.

Il plie les papiers que j'ai signés, les glisse dans sa poche intérieure et baisse la tête.

— Madame, monsieur, je vous souhaite une bonne journée.

Il sort ensuite de la boutique.

Je m'active, mais je ne peux pas m'empêcher de ressasser la remarque d'Adinian. Ce qu'il a dit paraît évident et tout à fait logique. Maintenant que j'ai fait mon « devoir » et que j'ai partagé tout ce qu'on a découvert, il serait sage de mettre un terme à notre jeu de détectives.

Sauf que…

Maurice Sauve était peut-être un homme bien, ou peut-être un salaud. Mais indépendamment de ses traits de caractère, s'il se trouve que sa mort a été *facilitée* par quelqu'un, alors je dois trouver cette personne afin qu'elle soit arrêtée et jugée.

Celui qui a causé la mort de maman n'a jamais été découvert, ni traduit en justice. Je n'ai rien pu y faire. Je n'ai rien pu faire pour maman. Aussi longtemps que je vivrai, j'en voudrai à l'univers tout entier pour ça.

Mais maintenant, j'ai une chance de pouvoir faire quelque chose pour un autre innocent.

12

Il est midi. Je crois que j'ai bâillé encore plus ce matin que durant les dix dernières années. Éric et moi avons l'air d'avoir fait la fête toute la nuit, ce qui n'est pas faux, d'une certaine façon. Mais j'y reviendrai.

À 9 heures, Marie-Jo est passée prendre son café du matin et son croissant sans-gluten habituels. Elle nous a observés, Éric et moi, en prenant soin de détailler nos yeux rougis et nos cernes. Vu son sourire narquois, il est possible qu'elle les ait mal interprétés.

— Ce n'est pas ce que vous pensez, lui ai-je chuchoté en la servant.

— Je pense surtout que je vais faire un petit article sur votre pâtisserie pour *Beldoc Live*, dit-elle sans sourciller. Et vous, qu'en pensez-vous ?

Youpi ! J'adore ! De la publicité gratuite !

J'ai expiré lentement, en essayant de garder mon plus grand calme :

— Excellente idée, merci !

Marie-Jo m'a ensuite annoncé qu'elle reviendrait vers 17 heures pour l'interview avant de se sauver.

Les trois heures suivantes ont été un vrai défi, surtout pour moi. Étant donné mes trente ans bien tassés comparés aux vingt-deux d'Éric, les litres de café engloutis n'ont pas eu raison de mes bâillements intempestifs ! J'ai l'air plus fatiguée aussi. En plus de tous les symptômes que l'on a en commun, ma gueule de bois est aggravée par un teint terne et des joues creuses.

Je me demande si Marie-Jo serait d'accord pour prendre une photo pas très orthodoxe pour son article : on y verrait le visage d'Éric… et mon dos. Si c'est vraiment impossible, je peux toujours compter sur le maquillage pour essayer d'améliorer mon apparence. Si rien n'y fait, bon bah, il me restera l'espoir que personne ne regarde la photo de près.

Pour en revenir à la raison pour laquelle Éric et moi avons la gueule de bois, c'est à cause du vin. Et plus précisément, un excellent vin servi par Rose pour accompagner notre séance de récapitulation. Hier soir, Éric, Rose, Flo et moi nous sommes retrouvés pour faire le point. Nous avons débattu jusqu'au bout de la nuit. On a surtout fait des hypothèses sur la mystérieuse année en Inde de Maurice Sauve. De toute façon, tant qu'Adinian ne me donne pas autre chose, tout ce qu'on peut faire, c'est de cogiter sur cette piste-là.

En plein milieu de nos délibérations, Flo a trouvé un acronyme pour notre équipe en prenant les premières lettres de tous nos prénoms. Cela donne « FREJ ». Éric s'est galamment opposé à ce que mon nom arrive en dernier mais ma sournoise de sœur n'a pas manqué de rétorquer que toute combinaison de ces quatre lettres qui commencerait par J sonnerait comme un juron vomi.

On s'est posé plein de questions hier soir.

Pourquoi Maurice avait-il menti là-dessus à tout son entourage ? Qu'avait-il fait pendant les onze mois où il ne travaillait pas pour la Croix-Rouge ? Était-il resté en Inde ou était-il allé dans un autre pays ? Était-il secrètement revenu en France ? Pour quoi faire ? S'était-il embarqué dans un truc horrible comme un trafic d'organes, ce qui aurait fini par lui coûter la vie ?

Pour information, l'idée du trafic d'organes ne venait pas de moi. Étant la seule à avoir interagi avec Maurice Sauve de son vivant, je ne le vois absolument pas mêlé à des activités criminelles d'une nature aussi extrême. Frauder, peut-être. Escroquer une assurance ou monter des plans financiers louches, pourquoi pas ? Mais du trafic d'organes ?

Non, pas lui.

*

12 h 30, Éric sort faire deux-trois courses rapides. Cinq minutes plus tard, une jolie femme proche de mon âge pousse la porte de la boutique.

— Bonjour, je cherche Éric.

— Il est parti prendre sa pause déjeuner, l'informé-je en l'observant. Qui dois-je lui annoncer quand il reviendra ?

— Charline.

Ça alors !

— Il devrait revenir dans une trentaine de minutes, fais-je remarquer en lui désignant l'espace salon. Asseyez-vous là et je vous sers une boisson.

Elle secoue la tête.

— Je vous l'offre, ajouté-je aussitôt.

— Je dois être de retour au travail à 13 h 45, dit-elle en commençant à se tourner vers la sortie.

Désespérée, je montre la vitrine :

— Servez-vous ! Je vous offre le dessert ou le chocolat de votre choix. Elle pivote et me regarde avec suspicion.

— Vous m'avez l'air bien trop généreuse. Éric vous a dit quelque chose ?

— Non. À quel sujet ?

Elle se tient droite, les mains sur les hanches.

— Qu'il était désolé de m'avoir fait boire l'autre jour pour me faire parler, par exemple ?

Je la fixe quelques instants en essayant de trouver une excuse pour Éric, mais ce n'est pas facile car elle a raison. Éric avait bien compris que lui offrir des verres délierait sa langue.

On reste positive, Julie ! Au moins, Charline n'a pas l'air d'être au courant que Flo a fouillé dans le registre de pointage de sa boîte.

— Sur le moment, dit Charline, j'voyais pas de problème à ce qu'il me pose toutes ces questions. Mais plus tard, après y avoir réfléchi…

Elle s'arrête et son visage se durcit.

— Toutes ces questions autour de ma relation avec Maurice… Qu'est-ce qu'il cherchait à savoir, au juste ? Il n'était pas dans ce bar par hasard, hein ? Il joue aux taupes pour les flics maintenant ?

— Bien sûr que non !

Elle me dévisage.

— C'est pour vous qu'il posait toutes ces questions ? C'est vous qui bossez pour les flics alors ?

Sagement, je décide de ni nier, ni confirmer cette allégation. À la place, je dévie.

— Vous avez des choses à cacher, Charline ?

— Absolument pas.

— Dans ce cas, vous pouvez sûrement me dire où vous étiez le jour de la mort de Maurice Sauve, non ?

— Au travail puis à la maison, où d'autre aurais-je pu être ? répond-elle après un court délai.

Si ses allées et venues étaient si évidentes, alors pourquoi a-t-elle eu besoin de réfléchir avant de répondre ?

— Effectivement, où ? m'étonné-je en levant les mains comme pour dire « Que je suis bête ! ».

Elle regarde la sortie avant de me tourner le dos.

— Dites à Éric que c'est un connard.

— Attendez !

Lentement, elle me refait face de ses yeux fatigués.

— Quoi ?

— Savez-vous si Maurice avait eu une intoxication alimentaire ou d'autres problèmes de santé cet hiver ?

— Même si je le savais, pourquoi je vous le dirais ?

— Parce que…

J'écarte les bras en admettant que je n'ai pas de bonne raison à lui offrir, mais je tente tout de même :

— Parce que malgré les apparences, vous êtes quelqu'un de bien, et que vous teniez à lui ?

Par miracle, ça fait l'affaire.

— Il se trouve que oui, dit-elle. C'était après avoir mangé ces fruits de mer chez Olives et Huîtres.

J'écoute en retenant mon souffle.

— Il est tombé malade tard dans la soirée, dit-elle, mais quand c'est arrivé, c'était grave.

— Grave comment ?

— Tellement grave qu'il a été hospitalisé et qu'on lui a fait un lavage d'estomac.

Elle se penche vers moi avant d'ajouter :

— Le truc, c'est que moi je n'ai rien eu, ni les autres clients qui avaient commandé la même chose. Maurice était le seul à avoir eu cette réaction.

— Il suffit de tomber sur le mauvais coquillage…

On se dit au revoir, puis Charline quitte la pâtisserie un peu moins énervée qu'il y a quelques minutes.

En passant derrière le comptoir, j'essaie d'organiser le fouillis dans ma tête en des mots et des phrases cohérents.

Charline n'a pas d'alibi et elle a menti sur ce qu'elle faisait le jour où Maurice est mort. D'un autre côté, elle m'a parlé de l'empoisonnement que j'ai vu dans mon *cinémagraphe*. Mettons qu'elle n'ait pas menti là-dessus, est-ce que ça voudrait dire pour autant qu'elle n'est pas coupable ? Ou qu'elle essaye de m'embrouiller ? Surtout, serait-elle du genre à tuer son petit ami simplement parce qu'il ne voulait pas officialiser leur relation ?

Je peux me tromper, mais j'ai l'intuition que ce n'est pas le cas. Il me semble qu'entre Charline et l'ex de Maurice, Nadia, c'est sur cette dernière que la FREJ devrait ramener ses efforts pour l'instant.

Quand Flo arrive à 16 heures, je vais aux toilettes tapoter un peu d'anticernes sous mes yeux et du fard sur mes joues. À 17 heures, Marie-Jo entre avec un inconnu qui porte un bel appareil photo et un équipement d'éclairage. Marie-Jo nous le présente : Robert, le photographe indépendant préféré du *Beldoc Live*.

Ils installent leur équipement, pendant qu'Éric, Flo et moi signons les formulaires de consentement. Marie-Jo, micro levé, me demande ce qui rend ma pâtisserie si unique.

Je la remercie de sa question et me lance dans mon baratin. Elle écoute, visiblement intéressée, et me demande de clarifier tel ou tel terme à chaque fois que je m'emporte dans le jargon professionnel. Robert prend des tonnes de photos de la boutique et des confections, pendant qu'Éric lui donne leurs noms pour les légendes.

Du coin de l'œil, j'aperçois Magda à la porte, la mine renfrognée et son éternelle cigarette coincée entre ses doigts. Son visage est aussi vert que son chemisier. Elle me lance un dernier regard flétri avant de retourner dans sa tanière.

Quand Marie-Jo et moi nous approchons de la conclusion, Flo lui tend l'une de ses cartes de visite.

— Pour tous les amateurs d'art, dit-elle. L'autre aspect unique chez les Délices sans gluten de Julie, c'est qu'il est possible d'y réserver une fantastique visite guidée sur le thème de Van Gogh par Tino et Flo !

Marie-Jo range la carte dans son sac et sourit à Flo.

— Merci, mais j'ai bien peur que ce passage ne soit coupé au moment de la mise en page.

— Tant pis pour vous, répond Flo en faisant la moue. Ç'aurait été le meilleur passage de votre article.

Robert prend quelques photos de groupe. En m'inspirant de Rose pour oublier l'état de mon compte bancaire, j'offre des petits sacs cadeaux remplis de friandises à Marie-Jo et à Robert. Avant qu'ils ne s'en aillent, je décide de donner une ultime chance au vivre-ensemble avec Magda, aussi désespérée soit-elle.

— Je peux vous faire une suggestion ? je m'adresse à Marie-Jo. La boutique Rêve de Lavande, juste à côté, est géniale. Vous avez déjà écrit sur Magda ?

La bouche de Marie-Jo se tord de dégoût.

— Non. Et, tant que je serai la rédactrice en chef, *Beldoc Live* ne le fera pas.

Elle ne détaille pas plus, mais on dirait bien que je ne suis pas la seule à avoir une relation compliquée avec la fumeuse compulsive d'à côté.

Je ferais mieux de me préparer à une longue guerre froide entre le florissant Rêve de Lavande et les balbutiants Délices sans gluten.

En parlant de guerres froides, j'ai lu quelque part que l'Amérique prospère avait gagné la dernière grâce à sa capacité à dépenser toujours plus. Cette stratégie avait fini par pousser l'Union soviétique, beaucoup plus pauvre, à la faillite.

Aïe !

13

Dès que Marie-Jo passe la porte, j'attrape mon sac à main, je laisse Flo en charge de la boutique – et Éric en charge de Flo – et je cours au bureau central de poste de Beldoc qui ferme dans quinze minutes.

Je ne sais pas si Nadia Sauve y travaille toujours. Elle a pu changer de métier ou être transférée dans le bureau d'une autre ville. Si ça se trouve, ce n'est même pas son heure de service. Sans parler du fait que je n'ai absolument aucun indice en ce qui concerne son apparence physique !

Arrivée à l'entrée cinq minutes avant la fermeture, je cours vers le premier employé que je vois et lui demande si je peux parler à Nadia. Il regarde autour de lui.

— Je ne la vois pas… Elle a dû partir plus tôt.

Mes épaules s'affaissent.

Soudain, il désigne une grande femme aux cheveux noirs qui sort de l'entrepôt avec deux petits cartons à la main.

— La voilà !

Elle se dirige vers un comptoir où elle demande au destinataire des colis de signer un bordereau. Je remercie le sympathique monsieur et cours à l'extérieur. Plutôt que de déranger Nadia à la fin de son service, je préfère l'attendre et l'intercepter à la sortie. Point bonus : ça me permettra de réfléchir aux questions que je vais lui poser.

Quand Nadia sort, je l'appelle par son nom.

Elle s'arrête.

— Oui ?

— Bonjour madame ! Je suis Julie Cavallo, cheffe pâtissière.

— Comment puis-je vous aider ?

Son ton est neutre et ses mots polis.

— Vous étiez mariée à Maurice Sauve, n'est-ce pas ?

Un creux se forme entre ses sourcils.

— Oui, pourquoi ?

— Il est mort dans ma pâtisserie, dis-je comme si cela expliquait tout.

— Qu'est-ce que ça a à voir avec moi ? demande-t-elle avant de regarder l'heure sur sa montre. J'ai mon bus dans cinq minutes, je ne peux pas vous parler.

Elle s'en va, tête baissée.

Je la rattrape.

— Quelle coïncidence ! Je vais justement à l'arrêt de bus, moi aussi !

Elle marmonne quelque chose qui ressemble à un « c'est cela », mais je ne peux pas en être sûre.

— Votre ex, quel genre d'homme était-ce ? continué-je. Il m'a fait une très bonne impression lors de mon atelier de macarons, mais je me demandais si…

Enfin, elle se retourne et me fixe droit dans les yeux.

— Vous vous demandiez quoi ?

— Je… Je me demandais si son ex-femme pourrait m'offrir un avis divergent.

— Pour quoi faire ?

J'ajuste la sangle de mon sac à main.

— J'aimerais avoir un portrait plus complet du genre de personne qu'il était.

— Encore une fois, pour quoi faire ?

— Parce qu'il est mort dans ma boutique, dis-je en bouclant la boucle.

Je comprendrais qu'elle critique ma logique absurde et qu'elle ne réponde à aucune de mes questions.

— C'était quelqu'un de bien, dit-elle à la place.

Eh bah, je ne m'attendais pas à ça.

On arrive à l'arrêt de bus.

— Vous pensiez que j'allais le descendre, non ? Je le vois sur votre visage.

Nadia lisse ses cheveux en arrière avant de poursuivre :

— Pourquoi ferais-je ça ? On a eu un bon mariage puis un bon divorce.

Un bon divorce ? Ton nez s'allonge, mon cher Pinocchio !

— Vous ne lui en avez pas voulu d'avoir couché avec une fille bien plus jeune ?

— Non, pas vraiment, dit-elle. Il a rencontré Charline après notre séparation. J'étais passée à autre chose.

Continue de mentir, Pinocchio, et ton nez va finir par se cogner sur la vitrine d'en face !

Nadia enfonce ses mains dans ses poches.

— En plus, ma belle-mère et moi avions du respect l'une pour l'autre, et elle aimait bien mon fils.

Enfin une affirmation qui ne contredit pas tout ce que j'ai entendu des bouches de Pascale, Berthe et Charline !

— Vous avez continué à voir Huguette après le divorce ? demandé-je.

Je sais de Berthe que c'est le cas, mais j'ai envie d'entendre ce que Nadia a à dire sur le sujet.

— Non. Maurice n'aurait pas apprécié.

Retour aux mensonges.

Elle me fixe dans les yeux.

— Maurice aussi aimait mon fils, bien plus que son père biologique d'ailleurs !

Un bus s'arrête. Nadia grimpe les quelques marches et valide son pass. Je monte juste derrière elle. Fouillant dans mon sac à main, je sors mon portefeuille et j'achète au chauffeur un ticket pour trajet simple. Nadia avance autant qu'elle peut dans l'allée étroite entre les rangées de sièges.

Dans le bus bondé, je me taille un chemin au plus près d'elle que possible. Heureusement, l'homme qui se tient entre nous nous fait une offre galante.

— Voulez-vous changer de place ? Je ne voudrais pas séparer deux amies !

— Merci monsieur !

Je me glisse devant lui en attrapant les boucles de cuir au-dessus de nos têtes, jusqu'à ce que je m'accroche à côté de Nadia. Elle regarde par la fenêtre.

Dans ce qui s'apprête à être la remarque la plus méchante que je me suis permise de toute ma vie, je lui dis :

— Maurice n'a jamais adopté Kévin, n'est-ce pas ?

— Vous êtes bien informée, dit-elle sans me regarder.

— J'ai parlé avec Berthe Millon hier.

La bouche de Nadia se tord dans un ricanement.

— Cette vieille sorcière !

— Elle était très aimable avec moi.

Moralement, je me sens obligée de défendre Berthe.

— Elle m'a seulement raconté des faits, et pas une seule méchanceté sur vous.

Nadia lève le menton.

— Je vous ai donné des faits aussi.

Des faits ? Tu m'as donné de la fiction, Nadia. Un joli conte de fées peuplé de licornes et d'arcs-en-ciel.

Nous titubons brusquement sous un coup de frein du bus.

— Le père de Kévin est-il encore en vie ? demandé-je.

— Oui.

Elle ne me regarde toujours pas lorsqu'elle ajoute :

— Enfin, il pourrait être mort, Kévin ne verrait même pas la différence. Ce salaud n'en a rien à foutre de son fils.

Fait ou fiction ?

Venant de cette femme, je parierais sur la seconde hypothèse, mais n'en dis rien. D'un coup, je me sens vidée du courage dont j'aurais besoin pour la défier à nouveau.

Un arrêt passe sans qu'on ne s'adresse la parole. Alors que le bus descend la rue du général-de-Gaulle, je regarde les hôtels particuliers et les bastides majestueuses défiler derrière les fenêtres du bus. J'entends un bébé pleurer à l'arrière, deux jeunes femmes qui discutent en riant, un vieux monsieur tousser derrière son journal. Quand la voix préenregistrée annonce l'arrêt suivant, je remercie Nadia pour son temps et descends.

C'est idiot, je sais.

Maintenant que je suis quasiment sûre qu'elle a empoisonné Maurice Sauve, j'aurais dû lui poser d'autres questions. J'aurais au moins dû rester jusqu'à ce qu'elle descende du bus.

Pourquoi ai-je abandonné ?

Peut-être parce que contrairement aux gentilles vieilles dames qui m'ont accueillie avec des biscuits et du thé, parler à Nadia Sauve n'a pas été une partie de plaisir. C'était pénible, et je n'y étais pas préparée.

— Julie ! m'appelle quelqu'un. C'est bien vous ?

Je me retourne et aperçois un sexagénaire bien habillé que j'ai déjà rencontré… C'est Serge Guichard, le notaire !

Ravie de pouvoir converser avec quelqu'un qui a envie de me parler, je le salue chaleureusement.

— Qu'est-ce que vous faites par ici ? me demande-t-il.

— J'avais une course à faire.

Il se penche puis me souffle à l'oreille, surexcité comme un petit garçon :

— Ça a un lien avec votre enquête ?

Rose ! Elle a dû lui parler de notre projet. Très bien, je joue le jeu alors.

— Que savez-vous exactement ?

— La nuit dernière, j'ai croisé Rose lors de sa promenade avec Lady. J'étais dans son quartier pour… voir un client.

Il sourit d'un air coquin, probablement conscient du manque de crédibilité de son explication.

— C'est bon, Serge, je ne vais pas vous dénoncer pour harcèlement, dis-je en riant.

Il sourit.

— Eh bien, Rose et moi avons fini par faire une jolie balade tous les deux pendant laquelle elle m'a tout raconté sur les FREJ et de l'affaire sur laquelle vous enquêtez.

— A-t-elle mentionné que notre enquête est confidentielle ? demandé-je en essayant de ne pas avoir l'air trop sarcastique.

— Elle a dit qu'elle me faisait confiance, déclare-t-il avec une joie attendrissante dans la voix. Et vous savez quoi, ma chère Julie ? Il se trouve que je connais vos protagonistes !

Il rit en voyant mes yeux s'écarquiller.

— Pourquoi avez-vous l'air si étonnée ? Je suis le seul notaire de la ville.

Effectivement.

— Nadia Sauve est venue me voir après le décès de son ancienne belle-mère, m'informe-t-il. Elle était convaincue qu'Huguette Sauve avait laissé un testament que Maurice aurait par la suite détruit.

— Que lui avez-vous répondu ?

— La vérité. Il n'y a jamais eu de testament, du moins pas notarié.

— Comment Nadia l'a-t-elle pris ?

— Pas très bien. Elle m'a crié dessus en me traitant de menteur et en sortant, elle a claqué la porte tellement fort que le verre du cadre de mon diplôme s'est brisé en tombant à terre.

Ce comportement concorde avec les mots violents que Nadia a eus envers Berthe au téléphone.

— Elle a son petit caractère, hein ?

— Sans aucun doute. Cela dit, je ne pense pas qu'elle aurait empoisonné son ex. Rose a raison, Julie : personne n'a tué personne dans cette histoire, et c'est tout ce que votre enquête va réussir à prouver, j'en suis sûr.

Et bien moi, non.

Il ajuste son nœud papillon.

— J'ai… J'ai besoin de votre aide.

— Tout ce que vous voudrez !

— Rose refuse de m'accorder un dîner, se plaint-il en se frottant le cou. Elle voit quelqu'un en ce moment ? Si j'ai un rival plus chanceux, j'aimerais le savoir.

— Vous avez de la concurrence, je ne peux pas vous dire le contraire, concédé-je. Mais rassurez-vous, les autres prétendants n'ont pas plus de succès que vous.

Il lâche un long soupir de soulagement.

— Vous savez pourquoi elle ne veut sortir avec personne ?

Un homme conduisant un scooter électrique passe devant nous, à deux doigts de renverser Serge. Je me retourne, prête à lui lancer la pire insulte qui me vienne à l'esprit, mais je me retiens par loyauté envers Rose. Je m'en voudrais de ruiner tous les efforts qu'elle a déployés au fil des années pour se faire passer pour une grande dame raffinée, limite aristocrate. Même son chien s'appelle Lady, pour vous dire ! Et moi, je suis la petite-fille qu'elle est censée avoir bien éduquée. Je ne voudrais pas saboter cela par un acte aussi peu civilisé.

Je me retourne vers Serge.

Apparemment, il s'est suffisamment remis du quasi-accident pour en revenir au sujet du statut relationnel de ma grand-mère.

— Rose m'a l'air d'être une personne plutôt extravertie, qui aime la compagnie. Depuis combien d'années est-elle veuve ?

La bonne réponse serait *des siècles*, mais une fois encore, je me censure.

— Un peu plus de dix ans, dis-je à la place. Rose aime effectivement la compagnie, mais elle est trop attachée à son mode de vie pour risquer de s'engager avec quelqu'un.

— Je tuerais pour un conseil, n'importe quoi pour gagner son cœur !

Je joue avec ma montre, indécise.

— Quand je dis *tuer*, je parle au sens figuré, évidemment, ajoute-t-il, rattrapé par sa formation juridique. Jamais je ne tuerais qui que ce soit.

Je sens la pression de la réciprocité me serrer la poitrine. Serge a été assez gentil pour partager des informations sur Nadia sans même que j'aie à le lui demander. Il mérite un coup de pouce.

— Rose déteste les fleurs coupées, dis-je.

— Ah bon ? Je n'ai encore jamais rencontré de femme qui détestait recevoir un magnifique bouquet de roses. Je pensais lui acheter…

— Maintenant, vous en connaissez une : Rose.

Il se frappe le font.

— Mais bien sûr, à cause de son prénom ! Elle doit en avoir plus que marre des hommes qui lui offrent des bouquets de roses avec des messages stupides qui disent que c'est elle la plus belle des roses.

— Ce n'est pas pour ça.

— Vous en êtes sûre ?

— Absolument. Si vous voulez marquer des points, ne lui achetez jamais de fleurs coupées. Jamais.

— Mais elle a des fleurs dans son jardin…

— Peu importe.

— Souffrirait-elle d'une rhinite allergique ? insiste-t-il.

— Elle n'a pas d'allergie.

— Alors pourquoi ?

— Vous voyez, les fleurs ont cette fâcheuse tendance à faner.

Il penche légèrement la tête, comme s'il voulait jauger si je plaisante.

— Pour Rose, expliqué-je, il n'y a rien de plus déprimant que de voir une belle fleur parfumée se mettre à pourrir devant ses yeux pour terminer à la poubelle.

Je m'apprête à ajouter que ça lui rappelle l'inexorabilité de la mort et sa propre fin mais là encore, je me retiens. Il est capable de deviner ça tout seul.

Son visage se décompose.

— Je vois. Pas de fleurs pour Rose, alors.

— Courage, tout n'est pas perdu ! m'exclamé-je en lui touchant le bras. Vous pouvez lui offrir une orchidée dans un joli pot, ou une belle composition de terrarium. Tout ce qui ne fera pas sa valise en moins d'une semaine fera l'affaire. Points bonus garantis !

Ses yeux s'illuminent.

— Elle se dira que j'ai les mêmes sensibilités qu'elle, voire que je pourrais être une âme sœur !

— Exactement.

Nous nous disons au revoir.

En m'éloignant, je me rends compte que je viens d'offrir à l'un des prétendants de Rose un avantage injuste sur les autres. Cela me donne un goût de trahison, comme si j'avais commis un délit d'initié.

En levant les yeux vers le ciel strié de violet, je prie l'univers de me pardonner.

Et c'est la voix d'Éric citant le capitaine Kirk dans *Star Trek* qui résonne dans ma tête au nom de l'univers : « Vous pardonner ? Je devrais plutôt vous botter le cul ! »

14

Depuis que je suis réveillée ce matin, je fonctionne en mode pilote automatique, la tête occupée par une seule pensée.

Nous sommes le 20 juin, la date que je m'étais fixée. Lorsque la FREJ se réunira chez Rose ce soir, seul un sujet sera abordé : oui ou non. Arrêter ou continuer. Creuser ou laisser Maurice Sauve reposer en paix.

Tandis que je suis dans la cuisine en train de décorer un gigantesque gâteau de mariage, Éric s'occupe de la boutique. À mon grand désarroi, le gâteau est une réplique. Si les affaires marchaient mieux, j'aurais décliné l'offre. Tout bon pâtissier sait qu'accepter de reproduire un gâteau de mariage est une mauvaise idée.

Dans le cas présent, l'idée est vraiment désastreuse : je suis censée faire une réplique sans gluten d'une œuvre extrêmement sophistiquée, réalisée avec de la farine de blé et servie au mariage d'une « pipole ».

La cerise sur le gâteau ? Ma cliente, mademoiselle Angèle Prouttes, bientôt madame de Saint je-sais-plus-quoi, est une maniaque.

Pour essayer de la faire fuir, j'avais gonflé le prix à un tarif franchement extravagant. À ce moment-là, je ne savais pas encore qu'Angèle est la fille d'un richissime homme d'affaires qui vivait dans une petite réplique du Château de Versailles – je ne plaisante pas ! – construite récemment sur les collines entre Beldoc et les Alpilles.

« OK, sans problème. » C'est tout ce qu'elle avait répondu à mon stratagème, que je pensais infaillible.

Angèle m'avait aussi remis une grosse avance et une photo du gâteau de ses rêves, arrachée d'un magazine à potins. « Envoyez-moi des photos sous tous les angles quand c'est prêt », avait-elle demandé.

Étant donné la difficulté de la tâche, je dois être concentrée à cent pour cent. Le problème, c'est que l'échéance imminente – pas celle du gâteau, mais celle de l'affaire Maurice Sauve – embrouille mes pensées.

On a recueilli beaucoup d'informations, mais sont-elles exploitables ? Malheureusement, la FREJ ne dispose d'aucune preuve de mort suspecte.

Avons-nous des indices solides, au moins ?

Euh...

Je n'ai pas eu de nouvelles d'Adinian concernant l'année que Maurice Sauve a passée à l'étranger, donc cette piste est au point mort. On sait que Nadia et Charline ont pu agir par vengeance. Le mobile de Nadia paraît cependant plus solide, et le fait qu'elle ait menti en réponse à mes questions la rend d'autant plus louche. Mais Charline aussi a menti ! Si Maurice a été empoisonné le jour de l'atelier de macarons, alors elle n'a pas d'alibi.

Je remplis une poche à douille de chocolat noir fondu. En me penchant très prudemment, je commence à décorer la dentelle de chocolat blanc que j'ai enroulée autour du premier étage.

À vrai dire, mon enquête ne va nulle part. Devrais-je abandonner et enfin admettre que le capitaine Adinian a raison sur la cause du décès ?

Et mon cinémagraphe *dans tout ça ?*

Ce n'était qu'une hallucination, le produit de mon esprit tordu.

Éric arrive de la salle de devant.

— Il y a un certain Denis Noble qui voudrait vous voir, cheffe.

Je m'essuie les mains sur mon tablier.

Hum, ce nom me dit quelque chose…

Pause déjeuner au collège de Beldoc… Je discute avec une camarade de classe… Un garçon me saute dessus par-derrière, me tire les cheveux et hurle : « Veux-tu être ma petite amie ? »

Ouais, c'est bien Denis Noble.

Sur un coup de tête, je passe les mains sous mon bandana et rassemble mes cheveux en un chignon. Puis je pouffe à ma réaction et le défais aussitôt. Denis a trente ans maintenant : il ne risque plus de me tirer les cheveux.

L'homme qui me sourit quand je sors de la cuisine n'a quasiment rien à voir avec mon cauchemar des années collège. Il est toujours blond aux yeux gris, mais bien plus grand – *hé, tu t'attendais à quoi ?* – et plus beau, aussi. En plus de son physique digne d'un magazine masculin, Denis est soigné et impeccablement habillé.

Maman Noble peut être fière de ce qu'est devenu Denis la Malice.

— Julie Cavallo !

Tout en le saluant, il fait un pas vers moi, mais je reste immobile.

— Denis !

— J'ai appris que tu étais revenue, donc je voulais passer te dire bonjour, dit-il en m'observant. T'as bien changé, dis-moi !

— Toi aussi, tu es plus grand que dans mes souvenirs.

En principe, je devrais faire le tour du comptoir et échanger les quatre bises habituelles, mais quelque chose m'en empêche. Je sens le regard d'Éric faire des allers-retours entre Denis et moi, essayant de comprendre ce qui se passe.

Denis se tourne vers lui.

— Au collège, j'avais l'habitude de tirer les cheveux de ta patronne.

Éric écarte ses jambes et croise les bras sur sa poitrine.

— C'est vrai, ça ?

Je rigole.

Denis se tourne vers moi en pressant ses mains l'une contre l'autre comme s'il voulait prier.

— C'est fini, ce genre de choses maintenant, promis juré !

Je me frotte le menton, en feignant le doute.

Denis attrape son porte-monnaie et en sort cinquante euros.

— Tiens, laisse-moi t'acheter quelques-unes de tes confiseries, pour te prouver ma bonne foi.

— N'importe quoi ! soufflé-je en repoussant sa main.

— Mais j'en ai envie, s'exclame-t-il en désignant les macarons. Ils ont l'air délicieux, je vais t'en prendre deux douzaines s'il te plaît.

— Quels parfums ? demande Éric avant même que j'aie le temps d'objecter.

Denis balaie l'air de la main.

— Je te fais confiance.

Dès que la transaction est finie, Denis croque dans un macaron à la lavande et au yaourt.

— Mmm… Trop bon !

Je rayonne, en montrant mon jeune employé.

— Conçus et exécutés par notre futur chef pâtissier, monsieur Éric Dol.

Éric s'incline, l'air satisfait.

— Honnêtement, je n'aurais pas cru que de si bons macarons puissent coûter si peu cher, dit Denis.

Merci Denis !

Après l'impitoyable analyse qualité-prix de Pascale comparant mes cannelés à ses biscuits industriels, je me demandais s'il fallait que je baisse mes prix. Le hic, c'est que je ne peux pas vendre moins cher si je veux garder cette qualité.

— On est plus abordables que La Maison Folette, et on est meilleurs qu'eux, dit Éric.

Denis lève un sourcil.

— Comment est-ce possible ? Vous utilisez des ingrédients moins chers ?

— On n'utilise que les meilleurs ingrédients, répond Éric.

— Et donc ?

— Quand tu achètes une boîte de macarons chez Folette, tu paies aussi le nom de la marque et les trente pour cent de chaque fournée qui finissent à la poubelle, expliqué-je.

Denis me lance un regard interrogateur. Je clarifie :

— Dix pour cent sont gâchés par accident et les vingt pour cent restants sont cassés, cabossés ou déformés par les employés.

— Pourquoi ils feraient ça ? demande Denis.

Je souris.

— Pour les ramener chez eux, idiot ! Les employés ont le droit de garder les macarons invendables.

— Comment tu sais qu'ils les endommagent exprès ? me demande Denis.

— J'ai travaillé à La Maison Folette.

Il penche la tête de côté.

— Ça t'est aussi arrivé de temps en temps de cabosser un macaron pour repartir avec ?

— Jamais.

Il gifle sa joue droite théâtralement, puis la gauche.

— J'suis bête ! T'aurais pas pu faire ça, t'as jamais triché à l'école !

— Ça ne me surprend pas, intervient Éric.

Une nouvelle cliente entre. Éric l'accueille avec notre habituel :

— Quel délice ferait plaisir à madame aujourd'hui ?

Denis se frotte le menton.

— Voyons... Que faisait Julie Cavallo quand la prof de français regardait autre part pendant un contrôle et que tout le monde en profitait pour tricher ?

Je mets la main sur ma hanche.

— Tu ne balançais personne..., poursuit-il, en levant les yeux vers la droite, comme s'il essayait de rassembler ses souvenirs. Tu ne regardais pas ailleurs non plus...

Au fait, je faisais quoi, maintenant qu'il en parle ? Je ne me rappelle pas. Il lève le doigt.

— Je sais ! Tu nous lançais à tous un regard mécontent en pinçant les lèvres et en fronçant les sourcils. Et tu secouais la tête.

Il sourit avant d'ajouter :

— Mais tu ne disais rien.

Mon téléphone sonne. L'écran indique Adinian.

— Désolée, faut que je réponde, dis-je à Denis en me retirant dans la cuisine.

— Vous êtes à la boutique ? me demande Adinian. J'ai des infos pour vous.

— Oh ! super ! Vous pouvez me dire ça au téléphone ?

— Je ne suis pas loin, j'arrive dans cinq minutes, répond-il.

— On est un peu occupés.

— Je n'ai pas beaucoup de temps non plus. Il raccroche.

De retour dans la boutique, Denis a un air étrangement déterminé.

— Écoute, Julie, je te dois des excuses pour mes bêtises quand on était gamins… Ça te dirait qu'on aille prendre un verre ce soir ?

Je cache ma surprise derrière un sourire amical.

— J'ai déjà un truc de prévu.

— Demain soir, sinon ?

Il a l'air… enthousiaste.

— Je ne peux pas.

— Samedi soir ?

— Je dois m'occuper d'un mariage.

En vérité, tout ce que j'ai à faire c'est livrer le gâteau dans l'après-midi, mais Denis n'a pas besoin de savoir ça.

— Alors quand ? demande-t-il.

Je me mords la lèvre inférieure.

Il fait la moue.

— Hé, c'est juste un verre entre deux anciens camarades de classe, te prends pas trop la tête !

Il a raison, je devrais me détendre.

— Vendredi prochain ? proposé-je.

— Mince ! J'ai un dîner familial vendredi. Jeudi ?

— Ça marche.

— Je viendrai te chercher à 20 heures.

Adinian entre au moment où Denis quitte la boutique. Les deux hommes s'échangent un signe de tête et un regard si froid que la température de la pâtisserie chute d'un coup. J'en ai la chair de poule.

C'est quoi le problème ?

On dirait qu'ils ont de la rancune l'un envers l'autre. Ou alors ils viennent d'attraper le virus de la Haine Instantanée.

Je mène Adinian vers la cuisine.

— Vous avez quelque chose pour moi ?

Il s'avance vers le gâteau qu'il observe avec beaucoup d'intérêt.

— Touchez-le et vous êtes un homme mort, je le préviens.

— Les menaces de mort envers un officier de police sont punies par la loi.

— Je les retire, dis-je sagement.

— Bien.

On se dévisage.

— J'ai pisté la carte bancaire de Maurice Sauve, dit-il. Je me rapproche de lui.

— Alors ?

— Il n'est pas resté en Inde après avoir quitté la Croix-Rouge.

— Où est-il allé ? demandé-je.

— Partout.

— C'est-à-dire ?

— C'est-à-dire qu'il a voyagé partout dans le monde, précise Adinian. Jamais en business ni dans des hôtels de luxe, remarquez. Il a pris des compagnies aériennes et des hôtels à bas prix, mais bon, il a quand même pas mal dépensé.

— Avec quel argent ?

Adinian se penche pour étudier les motifs élaborés du premier étage du gâteau.

— Là est la question…

Je réfléchis à haute voix :

— On sait qu'il a quitté son travail avec une sorte de prime, mais de combien disposait-il ?

— Dix mille, peut-être ? Quinze s'il a bien négocié, mais pas plus de vingt.

— Et il aurait fait le tour du monde avec ça ?

Adinian frictionne ses cheveux en bataille.

— Ce n'est pas impossible mais ce serait très imprudent pour quelqu'un dans sa situation.

— Quelqu'un de plus de cinquante ans et sans emploi, détaillé-je en entortillant mes cheveux entre mes doigts. Et s'il était impliqué dans des activités illégales ?

Adinian lève le regard du gâteau.

— Rien sur son compte bancaire ne suggère d'activités illégales.

Son regard s'attarde sur la mèche entre mes doigts, que je lâche aussitôt.

— Qu'on soit bien clairs, madame Cavallo, dit-il en me fixant dans les yeux. Je vous ai donné cette information sur Maurice Sauve parce que vous m'avez demandé de le faire, mais ne vous emballez pas.

— Pourtant, la tentation est grande…

— Il y a une explication moins excitante mais plus probable aux voyages de Maurice Sauve.

— Je vous écoute.

Il se redresse et s'éloigne du gâteau pour s'approcher de moi.

— Il s'est probablement dit : « Allez, j'ai qu'une vie, si ça se trouve l'année prochaine je vais mourir d'un AVC, donc autant que je voie le monde avant. »

— Quelle clairvoyance de sa part !

— Effectivement, approuve-t-il. Ce n'est pas si inhabituel qu'un homme fasse sauter ses économies pour réaliser ses rêves. Il était en plein dans sa crise de la cinquantaine, non ?

— C'est ce qu'il a dit.

— Alors c'est simple ! Certains hommes claquent tout dans des voitures de sport. Maurice Sauve a préféré voir le monde. Ça ne m'a pas l'air plus suspect que ça.

Le téléphone d'Adinian sonne ; il décroche. Pendant qu'il parle avec quelqu'un à l'autre bout du fil, ses sourcils foncés se relèvent comme sous l'effet d'une surprise, puis se rapprochent petit à petit. Il pose des questions courtes qui confirment qu'il vient de recevoir une mauvaise nouvelle. Vraiment mauvaise.

Je commence à me sentir mal à l'aise.

Il raccroche et pose ses yeux noirs sur moi. Quand il ouvre la bouche, je me bats contre l'envie de me boucher les oreilles et de partir en courant. Quoi qu'il s'apprête à dire, je ne pense pas vouloir l'entendre.

— C'était un collègue, dit-il. Il est au bureau de poste avec des ambulances.

Mes mains deviennent moites.

— Pour qui ?

— Nadia Sauve, l'ex de Maurice.

— Qu'est-ce qui lui est arrivé ?

— Elle vient de faire une crise cardiaque, dit-il. Elle est morte.

15

On est vendredi après-midi. Flo est derrière le comptoir pendant que je praline en cuisine.

Enfin, prétendument.

Je suis surtout en train de regarder dans le vide pendant que mes pensées tournent en rond. La réunion de la FREJ d'hier soir était très différente des précédentes. Même si j'étais la seule à avoir rencontré Nadia, sa mort était au premier plan dans tous les esprits.

Y a-t-il un lien entre les deux décès ? Serait-ce une simple coïncidence que l'ex de Maurice meure de la même façon que lui à seulement une semaine d'intervalle ? Les policiers qualifieront-ils sa mort de « naturelle » ou demanderont-ils à un médecin légiste de réaliser une autopsie ? Le capitaine Adinian réussira-t-il à persuader son commandant d'ouvrir une enquête ?

Voudra-t-il persuader son commandant ?

J'étais tellement sûre que si quelqu'un avait dû empoisonner Maurice Sauve, ça aurait été Nadia ! Sauf que maintenant, elle est morte, probablement empoisonnée avec la même substance que celle ingérée par son ex-mari. Rose, qui m'encourageait depuis le début, m'a conseillé de prendre du recul sur l'affaire – comme au reste de l'équipe, d'ailleurs – et de laisser les gendarmes faire leur travail.

Mais je n'y arrive pas.

Aujourd'hui, je suis censée commencer à préparer les échantillons pour le Salon de la Lavande et finir de décorer le gâteau de mariage géant. Demain, Éric et moi devons le livrer aux Prouttes dans leur résidence hors du commun dont Rose m'a tant parlé.

Jusqu'à hier après-midi, j'avais hâte de voir le mini château de Versailles de mes propres yeux. Mais maintenant, je m'en fiche. Je suis trop agitée. Je n'arrive même pas à me concentrer pour sélectionner une saveur pour mes échantillons.

Lavande, abrutie ! me dis-je en levant les yeux au ciel. C'est pour le Salon de la *lavande* !

J'attrape mon téléphone et compose le numéro de Cat – c'est dire combien la situation est désespérée. On s'est disputées parce que je refusais de prendre ses visions au sérieux. Mais me voilà prête à ravaler ma fierté pour lui demander de jeter un coup d'œil dans le futur à la recherche d'un indice.

Parce que ce qui m'est venu du passé n'a pas servi à grand-chose.

Sauf que, même en supposant que les visions de Cat soient réelles, elles ne me seront pas très utiles non plus. Pour qu'elle puisse avoir un aperçu du futur de quelqu'un, elle doit d'abord le rencontrer, lui parler, sentir son *aura*, ou je ne sais plus comment elle appelle ça.

Mais comme Maurice et Nadia sont tous les deux morts, Cat n'a aucune chance de satisfaire ces critères. Et au passage, ils n'ont pas vraiment d'avenir à nous révéler non plus.

J'appelle Cat quand même.

— J'ai eu une vision de toi, me confie-t-elle immédiatement.

— De moi ? Qu'est-ce que tu as vu ?

— C'est pas bon.

— Au secours, j'ai trop peur ! me moqué-je.

— Julie, pour une fois, prends ça au sérieux ! Tu es en danger.

— Danger de quelle nature ? demandé-je.

Silence, puis :

— J'suis pas sûre.

— Alors qu'est-ce qui te fait dire que je suis en danger ?

— Écoute, Julie… Généralement, mes visions sont allégoriques, pas littérales. Si je te dis exactement ce que j'ai vu, tu ne vas rien comprendre.

— Essaie pour voir.

Un autre silence.

— Les symboles que j'ai vus ne font sens que pour moi, admet-elle finalement. Mais je vais te dire ce que tu devrais faire.

— Arrêter d'écouter ma sœur carrément flippante ?

Je sais que je suis injuste. Cat essaie de m'aider et je ne lui renvoie que du mépris ; elle ne mérite pas ça.

Elle gémit de frustration.

— Julie !

— D'accord, d'accord, dis-moi ce que je dois faire.

— Fie-toi à ce que tu ressens au plus profond de tes tripes.

C'est très utile, ça, Cat, et tellement précis !

En même temps, ça m'apprendra à espérer des conseils concrets et pratiques de la part d'une médium.

— Quelle partie de mes tripes ? demandé-je. Tu sais, l'intestin fait plusieurs mètres de long.

Et mince, je récidive !

Pourquoi je fais ça ? Pourquoi je n'arrive pas, rien qu'une fois, à traiter ses visions si ce n'est pas avec foi, au moins avec considération et respect ?

Cat est convaincue que c'est en prenant ses hallucinations au sérieux et en « aidant » les gens qu'elle se rapproche de sa propre guérison. Moi, je lui répète en boucle que c'est du classique effet placebo. Une fois, exaspérée, elle m'a répondu : « Et même si c'est le cas ? Ça me rend plus forte. Je gère les traumatismes que nous partageons bien mieux que toi. »

Là-dessus, elle a probablement raison.

— Fais ce que ton don veut que tu fasses, dit Cat.

Elle sait pour les cinémagraphes *?*

— J'ai pas de don.

— Tu ne l'as peut-être pas encore découvert, mais tu en as un. Comme nous quatre.

— Attends, Véro et Flo aussi, tu veux dire ?

Véro, en tant que bibliothécaire, a une vie bien rangée. Elle est la personne la plus banale au monde. Et le seul don que Flo a est celui de disserter pendant des heures sur l'art. Sauf que ça s'appelle une compétence et pas un don, non ?

— Cat, tu délires complètement, dis-je.

— Et toi, tu es idiote et têtue.

Son autre téléphone sonne.

— Je dois y aller. Mais s'il te plaît, n'oublie pas ce que je t'ai dit. Ton don te tend la main, il te guide. Reste attentive !

— Si ça te fait plaisir.

— Tu risques ta vie, Julie !

Sur cet avertissement apocalyptique, elle raccroche.

Quelle tragédienne !

Flo se pointe dans la cuisine. Elle examine le plan de travail parfaitement rangé sur lequel sont posés des bols et des bocaux remplis d'ingrédients.

Son regard parcourt mon visage.

— Tu veux pas plutôt rentrer chez toi ? me demande-t-elle. Je garde la forteresse et je fermerai à 20 heures. Je t'appellerai pour le rapport détaillé.

— Pourquoi je devrais rentrer ?

— T'as raison, dit-elle. Ne rentre pas. Va te promener, fais un tour à vélo, ou traîne avec Rose et Lady.

Je souris en coin.

— J'ai l'air si fatiguée que ça ?

— Tu as l'air accablée, comme pendant ton divorce, dit-elle. Tu as besoin de prendre un peu de temps pour toi.

— Je suis tentée par la proposition mais il y a trop de choses à faire !

— Le Salon de la Lavande n'aura pas lieu avant quelques jours, et le mariage…

Elle regarde autour d'elle.

— T'as fini le gâteau, non ?

— Oui, tu veux voir ?

Elle acquiesce avec enthousiasme. Je l'emmène voir le gâteau. Il est grand. Il est large. Il remplit la moitié de mon réfrigérateur professionnel. Quand j'ouvre la porte pour le montrer à Flo, sa surface dorée m'éblouit.

— Voilà mon premier et dernier gâteau de mariage dans ce genre-là, dis-je à Flo.

Comme nous allons le transporter assemblé, j'ai déjà fortifié les étages en insérant des chevilles de support et en glissant des bandes antidérapantes entre le carton du gâteau et le plateau de présentation.

— J'ai dû commander une glacière spéciale pour transporter cette montagne d'or, dis-je.

Flo regarde de plus près le gâteau et fait des grimaces, son âme d'amatrice d'art outrée par ce qu'elle voit. Elle me lance un regard compatissant et ouvre la bouche pour dire quelque chose.

Je lève la main.

— Ne dis rien, s'il te plaît.

— La bonne nouvelle, c'est que ça ne passera pas inaperçu, dit-elle.

Je souris et ferme la porte du réfrigérateur.

— Ça te dérange si je vous accompagne pour la livraison demain ? me demande-t-elle.

Je lui donne un petit coup de coude.

— Curieuse de voir le Versailles des Prouttes ?

Ses yeux brillent et elle hoche la tête vigoureusement.

— J'en meurs d'envie !

— Bien sûr, dis-je. On vient chercher le gâteau à 16 heures avec Éric.

Elle me dépose un bisou sur la joue.

— Je serai là !

La cloche d'entrée sonne, annonçant l'arrivée d'un nouveau client que Flo court accueillir.

Quelques secondes plus tard, elle m'appelle, un timbre particulier dans la voix.

— Julie, tu pourrais venir une minute ?

Désorientée, je sors de la cuisine.

Un jeune d'à peine dix-huit ans me regarde depuis l'autre côté du comptoir.

— C'est vous, Julie Cavallo ?

— Oui.

Je m'empêche d'ajouter un « Quel délice ferait plaisir à monsieur aujourd'hui ? » en voyant l'expression de son visage qui m'indique qu'il n'est pas venu pour mes pâtisseries.

— Et vous êtes… ?

En vérité je connais déjà la réponse. Son âge, la ressemblance physique, la tristesse dans ses yeux…

— Je m'appelle Kévin Smati, dit-il. Je suis le fils de Nadia Sauve.

Sa voix craque en prononçant le nom de sa mère. Les larmes montent à ses yeux mais il les chasse d'un revers de la main.

Flo halète à côté de moi.

— Toutes mes condoléances, dis-je à Kévin.

Il rentre ses lèvres et déglutit.

Pauvre gamin !

— Il faut qu'on parle, vous et moi, dit-il. Vous me devez des explications, madame Cavallo.

Devant mon incompréhension, il explique :

— Vous êtes la dernière personne à avoir longuement échangé avec ma mère avant qu'elle ne meure.

Il est vrai que j'ai suivi Nadia mercredi après le travail. Elle a fait une crise cardiaque – ou autre chose – au bureau hier après-midi. Elle vivait seule, mais quand-même…

Je le dévisage.

— Vous en êtes sûr ?

— Elle m'a envoyé un texto mercredi dernier, en me disant qu'elle me raconterait les détails quand on se verrait. Je devais dîner chez elle hier, mais…

Il s'interrompt. Je le vois combattre ses émotions, en serrant les poings et en évitant mon regard.

La colère anime ses yeux quand il les relève sur moi.

— De quoi avez-vous parlé ? Que lui avez-vous dit de si horrible pour qu'elle ait fait une crise cardiaque ?

Je secoue la tête en guise de réponse, la gorge trop serrée pour sortir un son.

Kévin a l'air si paumé ! Un enfant en deuil, dépassé par la perte de sa mère. Il a seulement trois ou quatre ans de plus que l'âge que j'avais quand j'ai perdu la mienne. Je sais exactement ce qu'il ressent. Si je pouvais faire quoi que ce soit pour le soulager, je le ferais, je le jure.

— Maurice a fait une crise cardiaque dans votre boutique, dit Kévin. Et ensuite, après vous avoir parlé, c'est au tour de ma mère. Comment vous expliquez ça ?

Mon Dieu.

Ses soupçons sont bien évidemment absurdes, mais à sa place, j'aurais probablement posé la même question.

— Je voulais lui parler parce que j'avais des doutes sur la mort de Maurice, dis-je.

— Quoi ?

Il fronce les sourcils, comme si ce n'était pas du tout ce à quoi il s'attendait.

— Vous pensez qu'il a été… assassiné ?

— Comme je vous l'ai dit, j'avais des doutes.

Soudain, son expression passe de la surprise au choc.

— Vous soupçonniez ma mère !

Je penche la tête.

— Je suis désolée, Kévin.

De toute évidence, mes soupçons étaient mal dirigés.

Ses lèvres se tordent dans un rictus.

— Sans blague.

Pendant un instant, on dirait qu'il s'apprête à ajouter quelque chose, mais à la place, il fait un drôle de bruit, comme s'il s'étouffait. En serrant les poings, il tourne les talons et sort de la pâtisserie.

Dans la rue, je l'entends pleurer.

16

On est samedi matin et ma machine à laver vient de rendre l'âme. C'est la goutte d'eau qui fait déborder le vase de mes émotions.

Je file fouiller dans mon armoire à pharmacie. Là, je fais quelque chose que je n'ai pas fait depuis mon divorce, quelque chose que j'avais espéré ne pas avoir à faire ici, sous le soleil du Midi.

Je saisis mes pilules de tranquillisants.

Elles me permettent de me protéger du stress et de la douleur émotionnelle. Quand je les prends, je deviens quelqu'un de détaché qui n'est pas moi, que je n'aime pas trop, et avec qui je ne voudrais surtout pas être amie.

Mais aujourd'hui, je suis incapable d'être moi. Aujourd'hui, je dois choisir entre Julie l'Impassible sous sédatif, ou Julie la Déprimée au naturel. J'aurais choisi la déprime si je n'avais pas eu à livrer le gâteau des Prouttes – ma commande la plus importante jusqu'ici et une source d'argent dont j'ai bien besoin.

Alors ça sera Julie l'Impassible.

Sur le chemin de la boutique, le sédatif commence à faire effet. Comme par magie, mes priorités se réordonnent. Maurice, Nadia et Kévin se retirent au fond de mon esprit ; le gâteau des Prouttes passe au-devant de la scène.

Ça y est, j'ai un plan d'attaque pour la journée.

D'abord, on livre le gâteau et on encaisse le paiement. Ensuite, je rentre à la maison et je commande un nouveau lave-linge. Puis, je passe à la laverie automatique en bas de la rue, même si ça me fait encore rater un épisode de *La Fazenda*. Pour ma défense, je n'ai pas le choix : je suis à court de sous-vêtements propres.

Quand j'entre dans la pâtisserie, Éric et Flo sont déjà là et en uniforme. Moi, je porte une toque, un pantalon noir et une veste à double rangée de boutons avec le nom et le logo de la pâtisserie sur la poitrine.

Nous transférons la glacière, quelques ustensiles et un chariot de service pliant dans la fourgonnette d'Éric, propre comme un sou neuf et recouverte de banderoles adhésives. Je monte la clim et la dirige sur l'arrière. Flo grimpe, tout le monde attache sa ceinture, et nous partons vers les collines du nord en direction du Versailles des Prouttes.

À l'entrée, nous nous présentons et expliquons la raison de notre venue. Je fais un signe à la caméra qui nous regarde d'un mauvais œil.

Le portail s'ouvre.

— J'envoie quelqu'un vous chercher. Laissez le minivan près du portail et suivez l'allée, nous dit une voix de femme.

En me lançant un regard surpris, Éric gare sa fourgonnette.

— J'ai lu qu'un château avait été cambriolé par un gang récemment, dis-je. Ça doit être pour des raisons de sécurité.

Avec précaution, nous sortons la glacière, que nous plaçons sur le chariot de service, et commençons à le faire rouler dans l'allée.

Nous nous déplaçons lentement, en prenant soin de ne pas secouer la glacière. Le terrain semble sans fin. Je repère une piscine olympique sur la gauche et un court de tennis sur la droite.

Notre petite procession arrive aux jardins. Impeccablement entretenus, ils sont bien plus grands et mieux taillés que la plupart des parcs publics que je connais. Tout est si… nickel. L'art du jardin à la française poussé à son paroxysme. Tous les éléments sont uniformes, réguliers, parfaitement géométriques, jusqu'au dernier buisson et à la dernière touffe d'herbe.

Flo, qui porte le panier d'ustensiles, observe les environs.

— Le paysagiste des Prouttes ne s'est pas contenté de copier le style formel des jardins de Versailles, il l'a amené à un autre niveau.

— Je pourrais recréer ce parc sur mon ordinateur, fait remarquer Éric. Sur Minecraft.

Flo glousse.

Éric s'arrête pour réaliser quelques mouvements saccadés de robot, en dessinant des formes carrées avec ses mains et avant-bras.

— Le but du jardin classique à la française est d'imposer l'ordre à la nature, explique Flo en lui faisant un clin d'œil. Minecraft est tout à fait approprié !

— Mais il faut que tu te dépêches, la Semaine des Répliques se termine officiellement demain, dis-je. Après ça, je ne veux plus entendre parler d'imitations, réelles ou virtuelles, pendant un an !

Au loin, le mini Versailles se révèle à nos yeux ébahis. La réplique du château a l'air si disgracieuse et peu authentique que ça me fait relativiser sur la monstruosité de ma propre création, que nous roulons fièrement à travers le parc.

À mesure que l'on s'approche du bâtiment principal, des gargouilles de pierre et des chérubins de marbre surgissent çà et là au milieu des pelouses et des parterres de fleurs. Ils se marient plutôt bien avec le style du château, finalement.

Ce qui me frappe, ce sont les statues de bronze que je repère en scrutant les buissons carrés et les haies parfaitement lisses. Elles me font penser à des nains de jardin, sauf qu'elles n'ont ni chapeaux rigolos, ni longues barbes. Elles représentent de vraies personnes : des chefs d'État, des membres de familles royales et des milliardaires connus.

Interloquée, je montre du doigt le Prince Charles, incapable d'émettre un mot.

Éric siffle, aussi médusé que moi.

— Vous savez, dit Flo, Pierre Bourdieu prétend que le mauvais goût n'existe pas.

Éric se tourne vers elle.

— C'est un de tes profs ?

— Si seulement ! s'exclame Flo en lui lançant un regard acerbe. C'est juste l'un des plus grands sociologues de tous les temps, et probablement l'un des esprits les plus brillants du XXe siècle.

Éric hausse les épaules.

— Il n'est pas tant connu que ça chez les *gamers* et les fans de *Star Trek*…

— Ni chez les pâtissiers et les boulangers, ajouté-je en soutien.

Flo peut être un peu cassante, parfois.

— Bref, dit-elle, Bourdieu affirme qu'objectivement, le mauvais goût n'existe pas. Ce qui se passe, c'est que les classes supérieures lancent de nouvelles tendances pour se démarquer de la plèbe. Mais dès que les prolos s'approprient les nouveaux styles et les modes, les élites commencent à les considérer comme vulgaires.

— Et où est-ce que tu nous placerais, Éric et moi, dans cette fascinante analyse des classes ? demandé-je à Flo. Avec les cols blancs qui lancent les modes, ou les cols bleus qui se démènent pour les imiter ?

Flo se mord la lèvre inférieure, réalisant sans doute que je viens de faire voler en miettes son Bourdieu vénéré et ses théories obsolètes.

Prends-ça, Madame Je-sais-tout !

Au moment même où cette pensée surgit dans mon esprit, je ressens une piqûre de culpabilité. D'habitude, je suis plus gentille avec les gens, en particulier avec ceux que j'aime. Mais les tranquillisants ont tendance à faire ressortir un côté méchant que je ne peux contrôler.

— Perso, je trouve ce Versailles impressionnant jusqu'ici, lance Éric. J'ai hâte de voir ce que ça donne à l'intérieur !

Flo lui jette un regard reconnaissant.

C'est tellement typique d'Éric de venir à la rescousse de Flo dans ce genre de situation ! Ce gosse a un cœur d'or ! Pas comme ces paillettes que j'ai fait fondre pour le gâteau, mais de l'or véritable, du 24 carats, solide et pur.

Quand nous arrivons à quelques dizaines de mètres du palace des Prouttes, un jeune homme en livrée accourt vers nous.

En bas du grand escalier menant à l'entrée principale, Éric et moi soulevons la glacière et la transportons à l'étage. Flo nous suit avec le panier, et indique à l'homme en livrée d'aller chercher le chariot de service.

Un autre homme, plus vieux et habillé comme s'il sortait tout droit de *Downton Abbey*, nous accueille à la porte. C'est sûrement le majordome.

— Je vous conduis à la salle du banquet, dit-il.

Nous déposons la glacière sur le chariot, puis j'ouvre la porte et je tire le plateau légèrement au-delà du bord. Flo s'accroupit et le tient par le dessous, pendant qu'Éric et moi attrapons chaque côté avec précaution pour l'extraire entièrement.

Le visage du majordome reste impénétrable.

— Par ici, dit-il, en nous dirigeant vers un escalier recouvert d'un tapis.

Éric et moi montons le gâteau en nous déplaçant latéralement. Nos pas sont parfaitement synchronisés pour éviter que le gâteau ne vacille. Arrivés à la salle de banquet, une table recouverte d'une nappe semble attendre quelque chose en son centre. Nous y installons le gâteau.

Flo me donne la composition florale blanche qu'Angèle voulait comme finition. Je la mets en place et explique aux traiteurs comment découper le gâteau. Mes muscles commencent à se détendre.

La mariée s'avance vers nous et fait le tour du gâteau.

Nous attendons.

Angèle finit son inspection et lève un pouce en l'air.

— Ça ressemble à quatre-vingt-dix-neuf pour cent à l'original. Beau travail !

Je tourne mon regard vers elle, puis vers Flo et Éric, et je lâche un soupir de soulagement.

C'est sans aucun doute la livraison de gâteau la plus réussie que j'ai faite jusqu'à présent. Un sans-faute.

De retour en bas, je regarde autour de moi. Le seul mot qui me vient à l'esprit est « opulent ».

L'escalier central, large et incurvé, est encadré par deux ascenseurs ornementés. Partout, des sièges de cuir couleur crème, des sols en marbre et de lourds rideaux en brocart doré. Chaque meuble et élément de décoration, chaque luminaire en cristal, chaque tapis tissé main, chaque lustre antique crient à la richesse ostentatoire. Le manque de retenue est encore plus frappant à l'intérieur qu'à l'extérieur.

— Waouh, souffle Éric.

Une jeune femme nous rattrape au bas de l'escalier. Elle se présente comme Karine Prouttes, la sœur de la mariée.

— Suivez-moi !

Elle nous emmène dans une vaste bibliothèque où elle me tend un chèque. Un très gros chèque.

Tout à coup, ma journée et mon avenir deviennent infiniment plus radieux. La pâtisserie atteindra peut-être le seuil de rentabilité ce mois-ci. *Youpi !*

Quand Karine nous propose des rafraîchissements, nous acceptons tous trois sans hésiter. La pression étant redescendue et le paiement reçu, on a tous besoin d'un petit moment pour s'asseoir et reprendre notre souffle avant de retourner en ville.

— Vous aussi, vous êtes pâtissière ? demande Karine à Flo pendant qu'on attend nos boissons.

— Je travaille à la boutique à temps partiel, répond ma sœur. Je suis étudiante en histoire de l'art.

— Papa est collectionneur d'art, fait remarquer Karine.

— Une période ou une école en particulier ? demande Flo poliment.

— Il achète ce qui me plaît, selon mon humeur, dit Karine en balayant sa crinière blonde de la main. Vous voulez voir sa collection privée ?

Flo saute sur ses pieds avant qu'Éric et moi n'ayons le temps de décliner l'invitation.

— Absolument !

Karine nous emmène dans une large salle aux murs blancs ornés de peintures. Certaines sont modernes, d'autres plus anciennes. Certaines sont magnifiques, d'autres pas tant que ça. Sur un piédestal, au milieu, se tient une statue pop art d'un chien-saucisse violet. Je l'ai déjà vue quelque part…

— Le *Balloon Dog* de Jeff Koons !

Flo regarde de plus près avant de se tourner vers Karine.

— Quinze mille ?

Karine incline la tête.

— Soixante, mais vous n'étiez pas loin. Quand j'ai su que le vrai château de Versailles avait accueilli une exposition Koons il y a quelques années, j'ai dit à papa qu'il nous en fallait absolument un ici aussi. Donc il est allé à la première vente aux enchères, a dépassé l'estimation la plus élevée de cent pour cent et l'a ramené à la maison.

— En 2013, un acheteur inconnu avait payé 52 millions pour un chien-ballon orange de Koons, dit Flo.

Les yeux ronds, Éric pointe la sculpture violette.

— Pour ça ?

Flo acquiesce.

— En plus grand.

Les yeux d'Éric, visiblement choqués, font des allers-retours entre la sculpture et Flo.

— T'es en train de me dire que quelqu'un a payé 52 millions pour avoir un chien-saucisse brillant chez lui ?

— Koons est très controversé, dit Karine, mais c'est un bon investissement.

Mon attention est attirée par un mur sur lequel il n'y a qu'un seul tableau accroché. C'est une peinture à l'huile d'une jeune femme ouvrant le devant de sa robe pour dévoiler sa poitrine. La toile en elle-même est petite, mais le cadre orné de feuilles d'or est gigantesque.

Flo suit mon regard.

— Attendez, mais ça ne serait pas… ?

Elle s'approche du tableau, incline la tête sur le côté et l'étudie.

— Si, si ! C'est *La Chemise déboutonnée* !

Karine a l'air si contente d'elle-même qu'on dirait que c'est elle qui l'a peint.

— Je n'arrive pas à croire que je suis devant la plus grande trouvaille de la décennie, s'exclame Flo en secouant la tête, stupéfaite. C'est un portrait de Jean-Honoré Fragonard, connu pour ses peintures rococo coquines. Ce portrait est resté complètement inconnu jusqu'à ce qu'un collectionneur privé – monsieur Prouttes, apparemment ! – l'achète pour une somme astronomique, lors d'une vente aux enchères à Paris.

— Fragonard ne l'a pas daté, contrairement à la plupart de ses toiles, réplique Karine en étalant son savoir. Mais les experts pensent qu'il l'a peint dans les années 1780 ou 1790.

Flo lève un pouce en l'air.

— Mademoiselle a de l'argent, de l'allure et de la culture. Poussez-vous, Natalie Portman et autres Léa Seydoux !

Instinctivement, je recule d'un pas, car j'ai l'impression que Karine va exploser de fierté d'un instant à l'autre.

— Fragonard était de chez nous, pour l'anecdote, raconte Flo en revenant au tableau. Après la Révolution, il a fui Paris et est retourné à Grasse où il a passé la décennie suivante à squatter la maison de son cousin.

Je commence seulement à me souvenir qu'elle m'avait parlé de ce tableau l'autre jour après avoir eu un cours sur ce sujet en classe.

Karine pose les mains sur ses hanches.

— Papa est le meilleur pour avoir ramené ce chef-d'œuvre à la maison. D'ailleurs, le prix n'était pas si astronomique, si vous voulez savoir. Seulement deux millions.

— Deux millions ! siffle Éric.

Karine se tourne vers lui, le foudroyant de ses yeux parfaitement maquillés.

— Je veux dire, pourquoi pas ? tente-t-il de se rattraper. Au moins, il n'a pas payé deux millions pour le grotesque chien-ballon.

Karine fronce les sourcils.

Comprenant qu'il ne fait qu'aggraver les choses, Éric réessaye :

— J'adore votre Fragonard, en tout cas.

Le visage de Karine s'adoucit.

— C'est vrai ?

— Comment ne pas l'aimer ? dit Éric en montrant le portrait. Vous avez vu ces nichons ?!

17

Hier soir, en arrivant chez moi, j'ai commandé une machine à laver sur Internet, comme prévu. Ensuite, je me suis dit que j'allais regarder dix minutes de *La Fazenda*, avant d'aller à la laverie.

Bien évidemment, j'ai regardé l'épisode en entier. Je n'avais pas le choix : Luís-Afonso a rampé devant Januária, la suppliant de le reprendre. Je devais savoir ce qu'elle allait faire. Finalement, elle a reporté sa décision au prochain épisode.

À ce moment-là, j'étais affalée sur mon canapé, les cheveux en désordre, mon maquillage dégoulinant et mon énergie raplapla. L'idée d'aller à la laverie avait perdu le peu d'attrait qu'elle avait jusque-là. Inspirée par Januária, j'ai reporté la mission au lendemain.

Le lendemain s'est avéré être un magnifique dimanche ensoleillé.

J'ai pris une douche, me suis essuyée… et j'ai réalisé que j'allais devoir sortir « en mode commando », comme dirait Joey dans *Friends*.

Voilà pourquoi je porte mon jean sans sous-vêtements aujourd'hui : aucune culotte propre n'est apparue dans mon tiroir à sous-vêtements pendant la nuit. *J'ai vérifié.*

Cela dit, si, contrairement à Joey, je garde ce détail pour moi, personne d'autre ne le saura.

J'avale mon petit déjeuner et je range un peu l'appartement. Vers 13 heures, je mets mon linge sale et un livre dans mon sac de sport et je sors. C'est l'heure du déjeuner, il ne devrait pas y avoir trop de monde à la laverie durant les deux prochaines heures. Ici, le dimanche midi, c'est sacré.

D'humeur aventureuse et un peu transgressive due à mon état « commando », je quitte le bâtiment en sautillant, la tête haute. La laverie est juste à quelques pâtés de maisons plus bas dans la rue. J'ai prévu de bouquiner pendant que mes vêtements se lavent et sèchent, puis de rentrer directement à la maison.

En bas de l'immeuble à côté, il y a une boulangerie. Mon itinéraire habituel me fait aller dans l'autre sens, mais aujourd'hui, manque de chance, je suis obligée de passer devant.

Une odeur infiniment réconfortante de pâte à pain et de levure émane de la boulangerie et submerge mes sens. Je ne peux pas voir les fours de là où je suis, ils doivent être cachés dans le fond. Mais je n'ai pas besoin de voir les baguettes – croyez-moi, ce sont des baguettes – pour être tentée. Rien que l'odeur me suffit.

Ça me donne presque envie de laisser tomber le sans-gluten et de me gaver de pain ordinaire. Je pense que je pourrais dévorer une baguette entière, chaude, croustillante et pleine de gluten, là, tout de suite. J'en romprais des morceaux que je mangerais *in naturabilus.*

Là, je parle du pain, pas de moi.

Quand elle est bien préparée, une baguette classique, c'est 250 grammes de perfection. La recette est d'une simplicité géniale : farine, levure, sel. Seulement trois ingrédients. Le résultat se mange au naturel. Même le meilleur beurre, la plus délicieuse confiture ou le plus goûtu fromage seraient superflus.

Bon, d'accord, peut-être pas aussi superflu que du ketchup sur une authentique pizza italienne, mais on n'en est pas loin.

Encore quelques pas, et j'atteins la sécurité de la laverie qui me coupe immédiatement l'appétit avec son odeur de javel. J'achète de la lessive, j'ouvre mon sac de sport et je commence à transférer mes habits dans l'une des machines.

Quelques hauts, des pyjamas, des culottes, des culottes et encore des culottes.

J'ai le sentiment que quelqu'un m'observe, alors je me retourne. Derrière moi, un sac à dos rempli à la main, se tient le capitaine Gabriel Adinian en personne.

Il me salue d'un petit signe de tête.

— Madame Cavallo.

— Bonjour, dis-je.

Il y a une lueur malicieuse dans ses yeux tandis qu'il fixe mes mains. Je suis son regard.

Eh, mince !

Ce que j'ai attrapé dans mon sac et que je tiens dans ma main droite se trouve être un string. Un string transparent.

Évidemment, Adinian ne sait pas que c'est le seul que je possède et que je ne le porte que quand je suis à court de culottes en coton beaucoup plus confortables. Si seulement je pouvais le lui dire ! Mais à la place, je jette le string avec le reste de mon linge dans ma machine et je me relève pour lire le mode d'emploi collé au mur.

— Vous habitez le quartier ? me demande-t-il.

— Oui, et vous ?

— Pas loin. La laverie où je vais d'habitude est fermée.

— Ma machine à laver ne marche plus, j'explique.

Si c'est un bon flic, il sera capable de décrypter le sous-texte. Primo, je suis une adulte qui loue un appartement équipé d'un lave-linge, contrairement à ces messieurs qui continuent de vivre comme des étudiants alors qu'ils ont déjà passé la trentaine ! Ce que je désapprouve. Secundo, ce n'est pas dans mes habitudes de laver mes culottes en public.

Pendant qu'Adinian s'occupe de sa lessive, je lance le cycle le plus court, je m'assois sur le banc contre le mur et j'ouvre mon livre.

Un instant plus tard, il se pose à l'autre bout du banc et sort un journal de la poche extérieure de son sac.

Nous lisons en silence pendant une dizaine de minutes.

Je jette quelques regards furtifs en sa direction. Franchement, le mec a le cheveu trop ébouriffé, il néglige trop son apparence. Je suis sûre que si ma psy parisienne le voyait, elle dresserait immédiatement une longue liste de troubles potentiels et d'émotions réprimées qui sous-tendraient le manque de tenue d'Adinian.

Sa barbe est le produit de la paresse, pas celui d'une taille délibérée. Ses vêtements sont trop décontractés et pas à la mode. Ses cheveux sont en désordre, du genre de ceux qui ne prennent pas la peine de se coiffer le matin. Ou qui se grattent trop la tête inconsciemment. Mais ce n'est certainement pas le coiffé-décoiffé artistique qui prend vingt minutes devant un miroir et quatre produits différents à réaliser. Bruno affectionnait ce genre de style pour les week-ends. C'est comme ça que je suis au courant.

Et puis il y a ces yeux. Foncés, avec des sourcils épais dont l'un est fendu par une cicatrice à la pointe. Ça lui donne un air légèrement espiègle. Va savoir pourquoi, mais ça me rappelle que je suis actuellement « en mode commando ».

Me sentant rougir, j'enfouis mon nez dans mon livre.

— Vous allez bien ? me demande-t-il en repliant son journal.

Les joues en feu, je lui lance un regard en biais.

— Oui, pourquoi ?

Impossible qu'il sache ! Enfin, je crois...

C'est peut-être un bon flic, déjà capitaine à son âge, mais il ne peut pas avoir deviné d'après mon comportement qu'il n'y a rien entre mon jean et mon postérieur. D'ailleurs, si les gendarmes étaient équipés de rayons X, les journalistes en auraient entendu parler, non ? Ça ferait la une des journaux, j'en suis sûre.

Adinian s'oriente vers moi et se penche légèrement en avant.

— Ça fait quinze minutes que nous sommes dans la même pièce, sans personne d'autre, et vous ne m'avez pas parlé une seule fois de Maurice Sauve. Ni de son ex-femme, d'ailleurs. Pas un mot.

Je le regarde, clignant des yeux comme une idiote.

Il a raison. Je n'ai pas du tout agi comme si j'étais moi-même, et pas seulement avec lui.

D'une façon ou d'une autre, j'ai réussi à ne pas penser à l'affaire Maurice Sauve depuis hier après-midi. Est-ce à cause de la pilule que j'ai prise avant d'aller chez les Prouttes ? Fait-elle toujours effet sur mon organisme ? Ou mon esprit a-t-il décidé, tout seul comme un grand, de se reposer et d'oublier un peu cette affaire ?

Quelle qu'en soit la cause, mon *black-out* mental est maintenant terminé. Les personnes qui m'obsédaient depuis les deux dernières semaines me reviennent en reléguant tout le reste au second plan.

— Vous pensez vraiment que c'était une coïncidence ? demandé-je à Adinian, sans répondre à sa question. Des ex-conjoints qui meurent à une semaine d'intervalle et de façon aussi similaire… Vous ne trouvez pas ça un peu suspect ?

— À vrai dire, si, admet-il à ma grande surprise. Bien évidemment, ça pourrait être une coïncidence. Croyez-moi, on en voit des choses étranges quand on est gendarme ! Mais la mort de Nadia Sauve soulève des questions.

Je penche la tête.

— Merci.

Ce que je sous-entends, c'est : *je vous l'avais bien dit !*

À en juger par son sourire en coin, il a compris.

— J'ai demandé une autopsie, m'informe-t-il. Puis je me suis renseigné sur Maurice Sauve et j'ai découvert quelque chose.

Je me rapproche de lui.

— Quoi ?

— Je ne peux pas vous en dire plus pour le moment, concède-t-il après une hésitation. Disons que ça ferait du fils de Nadia Sauve un suspect potentiel.

Mon visage se plisse.

— Kévin ? Impossible.

— Vous l'avez déjà rencontré ?

— Oui. Ce gamin est déchiré par la mort de sa mère ! Il n'est pas le meurtrier.

— Que lui avez-vous dit ? me demande-t-il. Vous lui avez parlé de vos soupçons sur la mort de Maurice Sauve ?

J'acquiesce.

— J'espère qu'il me pardonnera d'avoir soupçonné sa mère.

Adinian se caresse la mâchoire. J'aimerais bien qu'il me dise exactement ce qu'il a appris !

— Soyez prudente avec Kévin, dit-il. Il vaudrait même mieux rester loin de lui.

— Pourquoi ?

Qu'avez-vous appris sur lui ? Est-ce si grave que ça ?

Le visage d'Adinian se contracte, et il ressort son jargon professionnel.

— Je ne suis pas autorisé à divulguer cette information pour le moment, madame Cavallo. Promettez-moi juste que vous resterez loin de Kévin Smati.

— Je ne peux pas vous le promettre.

Je me détourne et je regarde la machine qui contient mon linge. Le cycle est terminé.

— Kévin aimait sa mère, dis-je. Il ne l'aurait pas tuée, ni elle, ni Maurice Sauve.

Est-ce le *cinémagraphe* ou juste une intuition qui me fait dire que je suis sûre que Kévin n'est pas le meurtrier ? Peu importe.

— Je ne doute pas que Kévin aimait sa mère, dit Adinian, en posant ses yeux chocolat sur moi. Mais peut-être aimait-il encore plus l'argent.

— Comment ça ?

— Désolé, je ne peux vous en dire plus.

Perplexe devant sa déclaration, je me dirige vers la machine, ouvre la porte et transfère mes vêtements et sous-vêtements mouillés dans mon sac. Puis, après un rapide signe de tête en direction du capitaine Adinian, je décampe à toute vitesse.

Je sais, je sais, mon plan initial était de tout faire sécher à la laverie.

Eh bien, c'était un mauvais plan ! Mon linge sèchera à la maison. Avec cette chaleur, il sera sec avant l'heure du dîner. D'ailleurs, on dit que c'est mieux de faire sécher la dentelle à l'air libre.

Mon unique culotte en dentelle, le String de la Mortification, m'en remerciera.

18

À la maison, tandis que j'étends mon linge, les mots d'Adinian à propos de Kévin repassent en boucle dans ma tête.

Peut-être qu'il aimait l'argent plus qu'il n'aimait sa mère.

Qu'est-ce que ça pouvait bien vouloir dire ? Que Kévin aurait tué Maurice et essayé de faire accuser Nadia ? Que Kévin aurait tué Nadia ? Ou que Kévin aurait d'abord tué Maurice puis Nadia ?

Et, bon sang, de quel argent parlait-il ?

S'agit-il de la prime de départ de Maurice Sauve – enfin, de ce qu'il en restait après son tour du monde ? De ses économies ? De toute façon, combien peut-on économiser sur un salaire de commis de poste ? De plus, Maurice n'a jamais officiellement adopté Kévin. Quelles que soient les économies qu'il ait faites, Kévin n'y aurait pas eu droit. Alors comment l'argent pourrait-il être son mobile ?

Imaginons que Kévin ait appris que Maurice avait de l'argent caché dans la maison. Et alors ? Il aurait empoisonné Maurice pour pouvoir la fouiller à sa guise ? Et il aurait empoisonné Nadia pour lui prendre son jeu de clés afin de ne pas avoir à s'introduire chez Maurice par effraction ?

Ça n'a absolument aucun sens.

À la fin de la journée, je me sens agitée et j'ai l'impression d'être submergée par toutes sortes de pensées. Bien évidemment, l'affaire Maurice Sauve y est pour quelque chose, mais il y a aussi le Salon de la Lavande qui arrive à grands pas, or il ne me reste que très peu de temps pour m'y préparer. Ce qui m'amène à réfléchir aux chances de réussite de mon affaire. Et puis à mes propres chances de réussite pour trouver un jour la paix et le bonheur intérieurs.

Quand le sentier sinueux de mes pensées m'amène au regard de braise du capitaine Adinian, j'en conclus que mon esprit a besoin de s'aérer.

Une promenade me ferait du bien !

J'attrape mon sac à main, sors de l'appartement et pars en direction de chez Rose.

Lorsque je me focalise trop sur moi-même, la meilleure parade que j'ai trouvée est d'aller chez mamie. Ça marche parce que Rose est toujours capable de me surpasser dans ce domaine-là. Je l'aime à la folie, et elle nous adore, mes sœurs et moi, mais elle est ce qu'elle est. Et c'est une bonne chose ! Notre grand-mère est le meilleur remède contre toute poussée d'ego que pourraient avoir les filles Cavallo.

Ayant toujours pris le vélo pour aller chez Rose, je n'avais jamais réalisé à quel point elle habitait loin de chez moi. Quarante-cinq minutes de marche rapide plus tard, j'ouvre enfin son portail et suis le chemin de gravier jusqu'à sa terrasse. Comme Rose n'a pas de cours de Doga, de club de lecture ou d'autre activité ce soir, elle devrait être en train de lire sous les vignes de sa pergola.

Quand je m'approche, j'entends des voix justement du côté de la pergola. Elle a des invités ! Que je suis bête ! J'aurais dû appeler avant de venir. Sans doute l'aurais-je fait, si j'avais été moins centrée sur moi-même à ce moment-là...

Les pattes de Lady tapent doucement sur les planches de bois alors qu'elle trotte vers moi.

Je m'accroupis pour la caresser.

— Qui est là ? appelle Rose. Julie ? Flo ?

— C'est Julie.

Je monte sur la terrasse. Rose et la personne qu'elle reçoit se prélassent dans des fauteuils en osier, dos à moi. En les contournant, je découvre que l'invité du jour est le notaire amoureux, Me Serge Guichard.

Ils s'apprêtent à se lever mais de la main, je leur fais signe de ne pas se déranger.

— Ne bougez pas, vous êtes installés si confortablement !

À la place, j'embrasse la joue de Rose et j'incline la tête devant le notaire.

— Maître.

— Content de vous voir, Julie ! dit-il en levant son verre de vin. S'il vous plaît, appelez-moi Serge.

Rose m'indique un fauteuil vide, mais je reste debout.

— Merci mais je ne veux pas vous déranger, je vais rentrer. Rose bondit sur ses pieds.

— Hors de question !

Quand j'aurai son âge, je ne pense pas que je serai capable de sauter depuis une chaise basse comme elle vient de le faire. À soixante-quatorze ans, elle est aussi agile que son chien, qui en a quatre.

— Bouge pas ! m'ordonne-t-elle avant de s'adresser à Serge. Fais en sorte qu'elle ne parte pas, je vais chercher un verre de vin supplémentaire et du fromage.

Je m'assois, m'enfonçant dans les coussins, et ferme les yeux. En quelques secondes, mon esprit est submergé par les odeurs et les sons du jardin, les bougies parfumées sur la table basse, le vent qui bruisse dans les feuilles, les légumes qu'on fait griller dans le jardin du voisin.

Je me sens déjà plus calme.

— Je dois vraiment vous remercier, Julie, dit Serge. J'ouvre les yeux.

— Pourquoi ?

Il pointe les azalées blanches dans le superbe pot en céramique entre nos deux fauteuils.

— Ça a marché !

— Qu'est-ce qui a marché ?

La voix de Rose nous parvient de la fenêtre de la cuisine.

Les yeux de Serge s'élargissent sous la panique. Manifestement, il avait sous-estimé l'ouïe fine de ma grand-mère. Et sa curiosité.

— Une astuce de cuisine ! je crie.

— Dis donc, lance Rose avec un regard approbateur à Serge. Tu es plein de surprises !

Le notaire rougit de plaisir.

Rose sort de la maison avec un plateau de fromages, du pain et un verre pour moi.

Serge me sert du rosé bien frais et je sens mes paupières se fermer quand j'avale une gorgée.

Mmm, délicieux !

La soirée le serait encore plus si Serge pouvait m'éclairer sur les mystères qui entourent Maurice Sauve. Je sais bien que je suis venue chez Rose pour oublier tout ça ! Mais s'il est là, c'est qu'il doit bien y avoir une raison, non ? C'est un signe. C'est forcément un signe.

— À mon tour de vous demander conseil, lui dis-je en posant mon verre. Est-ce que par hasard vous auriez des informations sur la situation financière de Maurice Sauve ?

— En effet, dit-il. La question est de savoir si je peux les partager.

Je glisse au bord de mon fauteuil, en joignant les mains sur ma poitrine.

— Un petit indice ? Un demi-mot ? Un murmure ?

— Bon, allez, je vais me permettre une indiscrétion. Maurice avait mis un peu d'argent de côté.

Il a l'air de peser ses mots.

— Combien ?

Il se tortille avant de répéter :

— Un peu.

Je me demande quelle somme représenterait « un peu » pour un notaire aisé comme lui. Quelques milliers ? Dix mille, plus ce que la maison d'Huguette pourrait rapporter ? En supposant que Maurice ait mené une existence frugale jusqu'à ce que la crise de la cinquantaine lui tombe dessus, combien aurait-il pu économiser sur son salaire ?

Si seulement Serge pouvait me donner un chiffre !

Pendant que je digère encore cette information, il ajoute avec un visage résigné :

— Maurice a rédigé un testament quelques semaines avant sa mort. Il y avait trois bénéficiaires.

— Qui ?

— L'un d'eux était le musée d'art de Beldoc, dit Serge. La moitié de la succession de Maurice devait être léguée au musée au cas où il mourrait sans laisser de descendants.

— Quel noble geste ! dit Rose.

Serge lui lance un sourire.

— C'est ce que je lui ai dit aussi, en ajoutant que, dernièrement, nous autres notaires voyons de moins en moins de mécènes comme lui.

— Qui sont les deux autres bénéficiaires qui se partagent la part restante ? demandé-je. Sa cousine Berthe ? Charline Pignatel ?

Serge étudie son verre un bref instant puis lève les yeux vers moi.

— Il a fait de Kévin Smati le bénéficiaire de la majeure partie de ce qui restait. Maurice m'a avoué qu'il n'avait pas été correct avec ce garçon, alors qu'Huguette, sa mère décédée, lui avait demandé de traiter Kévin comme son propre fils. Comme Maurice n'avait pas honoré son vœu, l'héritage était une façon d'y remédier.

— Et Berthe Millon ?

— Berthe aura aussi une petite part, mais vraiment pas grand-chose.

C'est pas possible…

— Quand j'ai parlé à Berthe, elle s'attendait à hériter de la maison d'Huguette, dis-je en me pinçant l'arête du nez. C'est ça, le petit quelque chose dont vous parliez ?

Serge secoue la tête.

— Non, elle aura bien moins que ça. Le problème, c'est qu'elle n'est même pas encore au courant du testament. Maurice voulait que son testament reste secret, au cas où il aurait un enfant et voudrait le modifier plus tard.

— Oh ! je vois. Dans son esprit, c'était comme un testament brouillon.

Serge lâche un petit sourire.

— On peut dire ça. Je suis sur le point de commencer à en informer les parties concernées.

Ma main vole à ma bouche quand je réalise la signification de ce que je viens d'apprendre.

Kévin, cet adolescent innocent et démuni, allait hériter de la moitié de ce que Maurice possédait. Mais il lui fallait attendre : Maurice était encore jeune, il aurait facilement pu vivre encore quelques dizaines d'années. Sans parler du risque de tout dépenser de son vivant. Pourquoi pas dans un autre tour du monde, avec Charline cette fois, ou bien en élevant un enfant qu'ils auraient eu ensemble ? *Et pouf !* Plus rien pour Kévin.

Et si d'une façon ou d'une autre, Kévin avait découvert le testament ?

Je commence à comprendre pourquoi Adinian m'a mise en garde à la laverie.

Kévin avait un mobile pour éliminer Maurice. Un mobile aussi commun que moche : la cupidité. Si la gendarmerie ouvre une enquête, ce qui me paraît probable à ce stade, il sera le suspect numéro un.

Je sens le regard de Rose sur moi.

— Ça change tout, déclare-t-elle, les yeux pleins d'inquiétude. La FREJ devrait arrêter de fouiner. Julie, promets-moi d'arrêter, d'accord ?

Je lui réponds avec un grognement ambigu. Me connaissant, si je faisais déjà une fixette sur cette affaire, elle va maintenant m'obséder. Mais Rose a raison. On doit dissoudre notre groupe de détectives amateurs et prier pour qu'Adinian ait l'autorisation de mener une enquête en bonne et due forme.

Si c'est le cas, il se focalisera sur Kévin.

Et il aura bien raison !

Même la femme dans mon *cinémagraphe* ne disculpe plus le gamin. En supposant que ce n'était pas une hallucination, la femme aurait pu être Nadia. Elle aurait très bien pu empoisonner Maurice pour que son fils et elle touchent l'argent. Ensuite, Kévin aurait pu l'empoisonner à son tour pour ne pas avoir à partager le magot avec sa mère.

Cette hypothèse, aussi repoussante soit-elle, est la plus vraisemblable que j'aie eue jusqu'à présent.

19

J'ai passé mes journées de lundi et mardi à créer des échantillons pour le Salon de la Lavande.

C'est à peu près tout ce dont je me souviens du début de la semaine, que j'ai passée quasiment entièrement au labo, enfin, en cuisine, en pilote automatique.

Mes macarons à la lavande et mes cupcakes m'ont tenue tellement occupée que je n'ai quasiment pas adressé la parole à Éric ou à Flo, sauf pour parler du Salon. Préparer plein de minuscules pâtisseries demande bien plus de travail que préparer des gâteaux ou des confections de taille ordinaire, avec exactement la même quantité de farine d'amande, d'œufs, de sucre, de chocolat et de beurre. Sans parler du temps que ça prend de transférer toutes ces petites créations dans des boîtes lilliputiennes et des moules en papier riquiqui.

Mais bon, ce n'est pas comme si j'avais le choix. Les visiteurs de salons s'attendent à des échantillons gratuits lors de leur passage, et il est beaucoup trop coûteux de distribuer des gâteaux de taille ordinaire. Même les grosses maisons comme Folette ne font pas comme ça.

Quand je ne cuisinais pas, je rassemblais dans un classeur mon portfolio complet, et je commandais en ligne des cartes de visite supplémentaires, des coupons de réduction et des dépliants tape-à-l'œil.

Tout cela m'avait tellement occupée que les regards noirs que Magda me lançait ne me perturbaient pas plus que ça. En fait, je les enregistrais à peine. Et pas que ceux de Magda, d'ailleurs. J'évitais aussi les regards des clients réguliers, même si d'habitude j'adore discuter avec eux. Mais ce lundi et ce mardi, j'ai délégué toutes les interactions sociales à Éric et Flo afin de réduire ma présence à l'avant de la boutique au minimum.

C'est déjà mercredi matin. Depuis 7 heures, Éric et moi faisons la navette entre la boutique et sa fourgonnette. Nous y avons chargé marchandises, assiettes, verres et plats, serviettes, une machine à café, une table pliante et cinq cents petites boîtes avec le logo de la pâtisserie au dos. Encore un aller-retour et on pourra y aller.

Flo va s'occuper de la boutique.

Elle ne s'en réjouit pas spécialement, et je ne peux pas lui en vouloir. Ça lui fait rater une conférence importante à son école. Sauf que je n'ai pas le choix, j'ai besoin d'Éric pour conduire. Parce que moi, je ne conduis pas.

J'ai eu mon permis à Beldoc l'été de mes dix-huit ans, celui que j'ai passé avec Rose. Ensuite je suis retournée à Paris, mais ça n'avait aucun sens d'utiliser la voiture dans la capitale, d'autant plus que mon appartement et mon lieu de travail se trouvaient du même côté du périphérique. Il valait mieux prendre le métro. Ou le vélo. Ou tout simplement marcher.

Tout ça pour dire que je n'ai jamais eu de voiture et que je ne me suis jamais entraînée à conduire.

Il y a deux ans, je me suis inscrite à dix heures de conduite avec un moniteur, pour me remettre à niveau. Je progressais lentement mais sûrement, jusqu'à notre dernière leçon. La monitrice m'a fait rouler sur le périphérique, pour ensuite m'emmener sur l'A13.

Au moment où j'accélérais, les yeux rivés sur la route et parfaitement concentrée, j'ai eu une brève hallucination. Sans prévenir, elle est apparue dans mon esprit en me transportant dans le passé et en me faisant oublier où j'étais et ce que je faisais.

J'ai vu deux femmes d'une trentaine d'années bien tassée qui buvaient et dansaient en boîte. J'ai compris d'après l'aisance de leur interaction qu'elles étaient amies de longue date. Quand l'une des deux, déjà pompette, avait annoncé qu'elle voulait un autre martini, son amie, à peu près sobre, avait tapoté sa montre.

— De un, t'as déjà assez bu, et de deux, il faut qu'on y aille.

— Oh ! allez, Stéph, c'est notre première sortie entre filles depuis des années.

— Je suis trop fatiguée, avait répondu Stéph.

Elle avait ensuite attrapé son amie par la main et l'avait emmenée vers la sortie. Dehors, celle qui était ivre avait commencé à se balancer, à trébucher jusqu'à presque tomber, puis elle s'était appuyée sur le mur pour rester stable.

— Tout va bien, avait-elle dit à Stéph. Vraiment, ne me suis jamais sentie aussi bien !

Alors qu'elle avait fermé puis rouvert les yeux, l'une de ses paupières s'était coincée à mi-chemin, comme trop lourde pour remonter. Stéph l'avait regardée avec inquiétude.

— Je vais appeler un taxi.

— Mais pourquoi ? avait lancée l'amie avec un regard embrumé. On a ton scooter ! T'as pas trop bu, non ?

— Juste un verre de vin.

— C'est parti, alors !

Elle avait fait un grand geste de la main qui lui avait fait perdre l'équilibre, alors Stéph lui avait offert son bras.

— Même si on se fait arrêter, avait dit son amie, fermement agrippée, au test ils verront que t'es sobre.

— Et toi ?

— Moi ça compte pas, j'suis passagère.

Stéph avait hésité…

J'attendais, le souffle court, l'issue de son débat intérieur, quand j'ai perdu le contrôle de la voiture que je conduisais. Heureusement, la monitrice a pu intervenir et nous amener sur la bande d'arrêt d'urgence, après avoir presque percuté un camion.

— Que s'est-il passé, Julie ? m'a-t-elle crié, une fois en sécurité.

— Je suis vraiment désolée, ai-je marmonné. J'ai aucune explication.

En vérité, je n'avais pas d'explication que je pouvais partager, à moins d'être prête à admettre qu'une vision avait pris le contrôle de mon cerveau.

— On aurait pu avoir un accident très grave ! s'est-elle écriée. Si vous conduisiez une voiture sans les doubles pédales, toute seule, vous auriez pu vous tuer.

J'ai répondu d'un petit hochement de tête.

Nous sommes restées silencieuses pendant un moment, jusqu'à ce que ma curiosité me force à lui demander :

— Ce tronçon de l'autoroute est-il connu pour les accidents ?

— Pas vraiment, je ne dirais pas ça..., a-t-elle commencé.

Puis son expression s'est modifiée, comme si elle s'était soudain souvenue de quelque chose.

— Il y a eu un grave accident ici, il y a deux ans.

J'ai attendu, le corps tout en tension.

— Deux femmes étaient sur un scooter en plein milieu de la nuit, a-t-elle continué. Il n'y avait quasiment pas de circulation. Celle qui conduisait était sobre mais le taux d'alcoolémie de la passagère était très élevé, autour d'un gramme et demi. Elle a dû déstabiliser la conductrice.

— Qu'est-ce qui leur est arrivé ?

— Elles ont pris un virage trop large. Le scooter a heurté une bordure et les conductrices ont été projetées en l'air. Elles sont toutes les deux mortes. Celle...

Elle a grimacé et s'est couvert la bouche.

— Quoi ? ai-je demandé.

— Celle qui était sobre a percuté un câble tendu. Elle a été sectionnée en deux au niveau de la taille.

C'était la Stéph de mon *cinémagraphe*.

Assise sur la place passager, à côté d'Éric, je frémis en repensant à ce souvenir.

Pour la énième fois, Julie, c'était juste une coïncidence !

Mes visions ne sont pas la vérité. Elles ne veulent rien dire. Si elles l'étaient, elles m'auraient conduite à celui qui a tué maman, au lieu de m'embrouiller. S'il s'agissait de vrais « messages », comme Cat appelle ses propres visions de l'avenir, elles suivraient un schéma, elles seraient prévisibles, ou elles auraient un but.

Mais non, rien de tout ça.

Bref, revenons à mon propre quasi-accident. Quand la monitrice s'est calmée, elle s'est tournée vers moi, s'est raclé la gorge et m'a dit gentiment :

— Julie, je vais vous donner un conseil. Abstenez-vous de conduire à l'avenir. J'ai scruté son visage, en essayant de savoir si j'avais bien compris son propos.

— Je sais que ça ne doit pas être agréable à entendre, a-t-elle ajouté avec sympathie. Mais avec ce qui vient de se passer… Vous représentez un trop grand danger pour vous-même et pour les autres.

Je n'ai rien promis à ce moment-là, mais depuis ce jour, je ne me suis plus jamais retrouvée au volant d'une voiture.

La voix enjouée d'Éric me ramène à l'instant présent.

— Tiens-toi prêt, Beldoc, nous voici !

Il gare la fourgonnette.

Je détache ma ceinture.

— Vénérable Salon, on arrive ! Prépare-toi aux délices sans gluten de Julie !

20

Nous sortons de la fourgonnette et chargeons le premier lot de pâtisseries sur le chariot fourni par l'un des employés du Salon. J'attrape la poignée du chariot, tandis qu'Éric prend deux autres boîtes et la table pliante.

Souriant pour dissimuler notre nervosité, nous nous dirigeons vers l'entrée du Salon des Expos, un hall spacieux du Palais des Congrès de Beldoc. Avec ses hauts plafonds et son éclairage de pointe, c'est là qu'ont lieu tous les événements d'intérieur de Beldoc. Dès que nous y posons le pied, le parfum de la lavande nous enveloppe. C'est assez agréable mais quelque peu étouffant, comme dans la boutique de Magda.

En suivant les marquages au sol, Éric et moi tirons nos affaires dans l'allée, entre les rangées de kiosques et de stands.

Certains sont relativement grands et entourés de cloisons, d'autres, plus étroits et moins sophistiqués. Ces derniers sont alignés les uns à côté des autres sans même être séparés par un pan de tissu.

C'est l'un de ces stands à bas prix que j'ai réservé. Ce n'est même pas un kiosque à proprement parler. C'est juste un comptoir recouvert d'un tissu noir pour exposer notre marchandise. On commence par mettre nos produits dessus, avant de les ranger pour la plupart dans des étagères sous le tissu. Ensuite, nous retournons chercher le reste à la fourgonnette.

Vingt minutes plus tard, nous avons fini de la vider. Éric, qui est plus grand que moi, accroche notre panneau. Comme ça, les gens dans l'allée pourront voir qu'on est là, même si une foule grouillante autour de notre stand en bloque la vue.

On a bien le droit de rêver, non ?

Éric retourne à la pâtisserie pour que Flo puisse assister à son cours suivant. De mon côté, j'arrange les échantillons sur le comptoir, en gardant un petit coin pour ma pile de dépliants et de cartes de visite. Dès que tout est prêt, je me fais du café avec la machine qu'on a apportée, et je le déguste assise sur le tabouret haut derrière le comptoir.

Lorsque le Salon ouvre ses portes aux visiteurs, un mélange d'excitation et de fierté me submerge. Je suis d'attaque. Ce Salon, je vais le réussir !

Une file d'attente se forme très rapidement devant mon stand.

Génial !

Les visiteurs s'arrachent mes échantillons. Avec un sourire collé au visage, je distribue mes petites boîtes avec une pâtisserie à l'intérieur, et une carte de visite, agrémentée d'un coupon de réduction, agrafé dessus. Mais je suis rusée. Pour obtenir leur boîte, les gens doivent d'abord m'écouter leur dire deux mots sur une fabuleuse pâtisserie sans gluten qui vient d'ouvrir en ville.

À un moment donné, je me rends compte que j'ai besoin d'aller aux toilettes. Je me retiens une demi-heure, jusqu'à ce qu'il y ait un peu moins de monde. Arrachant une page de mon agenda, j'écris en majuscules :

DE RETOUR DANS 5 MINUTES.

Je la pose sur le comptoir puis je me tourne vers Annette, la créatrice de bijoux fantaisie du stand de droite.

— Tu peux garder un œil sur mon stand quelques minutes ?

— Bien sûr !

Elle me fait un clin d'œil en me voyant danser d'un pied sur l'autre.

— J'irai juste après.

— Je surveillerai ton stand alors !

Un signe de tête reconnaissant, puis je fonce en direction du panneau qui indique les toilettes.

Exactement quatre minutes trente plus tard, je reviens à mon stand. Mais quelque chose ne va pas. Je vois qu'il y a du monde, mais au lieu de former une queue ordonnée, les gens sont attroupés tout autour de mon comptoir. Certains sautillent pour essayer de voir ce qui se passe.

J'aime pas du tout ça.

Ni la composition de cette foule, d'ailleurs. Il n'y a pas que des visiteurs, il y a aussi des vendeurs et des employés du Salon en uniforme. En me rapprochant, une odeur nauséabonde assaille mes narines. L'un des employés, au téléphone, est en train de réclamer une équipe de nettoyage.

Je joue des coudes jusqu'au comptoir.

— Laissez-moi passer, s'il vous plaît ! C'est mon stand !

Les gens devant moi ouvrent un passage juste assez large pour que je puisse m'y faufiler. Ce que je découvre est un liquide collant et verdâtre renversé sur le comptoir. Toutes les confections et le matériel promotionnel qui y étaient disposés sont complètement ruinés.

Je fais le tour du stand et je me glisse sous le tissu noir, déterminée à sauver ce que je peux. Chaque seconde compte.

Annette, au stand voisin, me donne un coup de main.

— Je suis vraiment désolée, dit-elle pendant que je lui tends une boîte. J'ai tourné les yeux une minute pour répondre à la question d'une cliente, mais c'était trop tard. Quelqu'un a renversé ce truc gluant et s'est sauvé sans un mot d'excuse !

Je lui confie un plateau de chocolats à la pâte d'amande.

— Ne t'en veux pas, Annette, ce n'est pas de ta faute.

Quand les agents de nettoyage arrivent, nous avons déjà fini de vider toutes les étagères sous le comptoir. Le liquide a coulé sur certaines de mes confections mais la plupart ont survécu. Ça aurait pu être pire.

La foule de spectateurs s'est dispersée, et je m'écarte pour laisser passer les agents d'entretien. C'est à ce moment-là que je remarque une petite enveloppe blanche sous le comptoir. Je la ramasse. Il y a une note à l'intérieur.

PRENDS GARDE À TOI.

Aucune signature.

Ce n'était donc pas accidentel. Une partie de moi le savait : qui se balade dans un Salon avec un seau rempli de boue gluante et le verse de façon aussi ciblée sur un seul stand ? Cette missive ne fait que confirmer mes soupçons. La question est de savoir qui a fait ça.

Éric arrive une heure plus tard.

— Que s'est-il passé ? me demande-t-il, en regardant la nouvelle installation et reniflant l'air.

Il doit rester une certaine odeur autour de mon stand. Comme je ne la sentais plus, je pensais qu'elle était partie mais il est clair qu'elle persiste. Je promets à Éric de tout lui expliquer dès que nous monterons dans la fourgonnette.

Sur le chemin du retour, je lui raconte l'épisode de la boue aussi calmement et objectivement que je le peux. À un feu rouge, je sors l'enveloppe de mon sac et je lui montre le message.

Éric grimace.

— Je sais qui c'est.

— C'est vrai ?

— Magda, dit-il. Y a qu'elle pour faire ça.

— Elle m'aime pas trop, c'est vrai, mais quand-même…

— C'est pas qu'elle ne vous aime pas *trop*, cheffe, elle vous hait de tout son cœur, remarque Éric.

Quelque chose cloche dans cette hypothèse, et j'essaie de comprendre quoi.

— Pourquoi se donner autant de peine ? Ça serait bien plus simple de saboter la boutique, elle est juste à côté.

— Peut-être qu'elle n'en a jamais eu l'occasion, dit-il. Il y a toujours quelqu'un à l'intérieur, et sinon on ferme à clé et on descend le volet roulant.

Je triture l'enveloppe.

Il me jette un œil.

— Promettez-moi d'aller déposer plainte à la gendarmerie.

Je montre l'enveloppe.

— Tu penses que les gendarmes pourraient en tirer quelque chose ?

— Peut-être…

Il se gare devant la pâtisserie.

— Montrez-le au gendarme qui est venu pour Maurice Sauve, il avait l'air pas complètement nul.

Pas complètement nul ?

C'est comme ça que les post-milléniaux disent « assez bon » ? De toute évidence, faire un compliment est encore moins cool pour eux que pour ma génération.

— Je peux t'emprunter cette expression jusqu'à la fin de l'année ? lui demandé-je, en essayant de rester légère.

Éric lâche un sourire.

— Faites-vous plaisir, cheffe !

Je viens de réaliser que je ne l'avais pas beaucoup vu sourire cette semaine. En tout cas, bien moins que d'habitude.

Serait-ce à cause de l'affaire Maurice Sauve ? Ou bien de quelque chose d'autre, quelque chose dont il ne veut pas parler ?

21

Il pleut à grosses gouttes quand je me réveille, jeudi matin. Après des semaines de ciel bleu et de beau temps, les jardins et les champs de lavande autour de Beldoc vont apprécier toute cette eau qui tombe.

Tandis que je me douche, je constate que mon audace d'hier a disparu. L'acte de vandalisme au Salon de la Lavande et le message qu'on m'a laissé étaient des menaces sans équivoque. Que ce soit Magda – ce qui est fort probable – ou quelqu'un d'autre, ça serait une erreur de rire de l'incident. Un patron responsable ne prend pas les menaces à la légère.

Je m'habille, j'avale mon déjeuner et j'envoie un message à Éric pour lui dire que je vais passer à la gendarmerie avant d'aller bosser.

— Sage décision, me répond-il.

À la réception de la gendarmerie, je demande si le capitaine Adinian est là, en m'attendant à ce qu'il soit dehors à pourchasser des méchants et combattre les criminels. Mais à ma grande surprise, il est à son bureau ce matin.

Vingt minutes plus tard, j'y entre.

Il me présente le fauteuil destiné aux visiteurs.

— Vous êtes du Sud, non ? demandé-je. À moins que vous n'ayez vécu ici si longtemps que vous avez pris l'accent…

— Je suis de Marseille.

— Je le savais !

— Et vous ? Vous parlez comme une Parisienne.

J'écarte les bras comme pour m'excuser.

— J'ai vécu la moitié de ma vie là-bas depuis que j'ai quinze ans. Puis je suis revenue au pays mais j'ai perdu mon accent du Midi pour toujours.

— Mes condoléances, dit-il avec un petit sourire. Vous étiez jeune quand vous avez quitté le Sud, on est influençable à cet âge-là… Je ne vous en veux pas.

J'incline la tête.

— Merci, capitaine ! C'est bon de savoir qu'un officier de la loi ne me blâme pas, et que je n'ai pas à appeler mon avocat. Ou ma grand-mère.

Il rit.

— Rose, c'est une vraie légende à Beldoc. Si un jour il m'arrive de devoir vous blâmer pour quelque chose… franchement, vous feriez mieux de l'appeler elle plutôt qu'un avocat.

Rose ? Pas madame Tassy ? Il la connaît assez pour l'appeler par son prénom ?

— C'est ma quatrième année avec la brigade de Beldoc, explique-t-il comme s'il avait lu dans mes pensées. Toute personne ayant vécu ici aussi longtemps sans avoir rencontré votre grand-mère à travers au moins une de ses activités mérite d'être expulsée de la ville.

— Je suis d'accord.

Nous restons assis à nous regarder pendant un court instant.

Il est le premier à se rappeler qu'il s'agit d'une rencontre officielle, dans un cadre officiel.

— Comment puis-je vous aider, madame Cavallo ? reprend-il.

Mon sourire s'efface pendant que je lui parle de l'incident au Salon de la Lavande.

Sa mâchoire est serrée lorsqu'il me demande :

— Vous soupçonnez quelqu'un en particulier ?

— Non, dis-je en lui tendant l'enveloppe. Pensez-vous pouvoir faire rechercher des empreintes digitales ?

— Je peux, et je vais le faire.

Ouf.

Il attrape l'enveloppe par le bout. Son visage a perdu le dernier vestige de l'espièglerie présente il y a quelques minutes encore.

— Restez là.

Il se lève brusquement et passe la porte.

Oh là là ! Je ne m'attendais pas à ce qu'il s'en occupe tout de suite.

Quinze minutes plus tard, il revient à son bureau et m'informe que ses collègues n'ont relevé aucune empreinte qui figurerait dans leur base de données.

— Ça veut dire qu'aucune des personnes qui a touché ce papier, vous incluse, n'est enregistrée dans le système. C'est pour ça qu'on n'a rien pu trouver, explique-t-il.

— Dommage !

— Je vais quand même l'envoyer au centre médico-légal à Aix, propose-t-il. On pourra étudier l'écriture, le type d'encre, de papier, enfin tout ce qu'on peut en tirer.

— C'est très gentil à vous de me proposer d'approfondir les recherches, dis-je.

— Ne vous attendez pas à avoir une réponse tout de suite, j'ai peur que ce ne soit pas leur priorité.

— J'apprécie quand-même.

Il glisse les mains dans ses poches.

— Vous sauriez ce que moi, j'aurais apprécié ? Un coup de fil hier après-midi, et une scène de crime intacte.

Une scène de crime, vraiment ? C'est moi ou il prend ce petit acte de sabotage un peu trop au sérieux ?

Je me dandine sur ma chaise.

— En fait, je me suis retrouvée à contrarier la commerçante d'à côté, même si je ne sais pas vraiment comment. Elle a peut-être voulu me donner une leçon, mais une fois encore je ne sais pas pourquoi. Tout ça pour dire que je n'appellerais pas que ce qui s'est passé au Salon un crime.

— Vous l'appellerez comment alors ?

— Une mauvaise blague ?

Il se penche en avant sur le bureau.

— Écoutez, il y a quelque chose que je voulais vous dire. C'est bien que vous soyez passée ce matin.

J'incline ma tête sur le côté, attendant la suite.

— La gendarmerie a ouvert une enquête préliminaire sur l'affaire Sauve, dit-il.

Soudain étourdie, je demande :

— Vous allez enquêter sur la mort de Maurice et Nadia Sauve ?

Je sais que ma question est idiote parce que c'est exactement ce qu'il vient de dire, mais comme je ne m'y attendais pas, j'imagine qu'une partie de moi a besoin d'en être sûre.

Adinian hoche la tête.

— L'objectif est d'établir la cause des décès. On va chercher à déterminer si les deux décès sont des meurtres et s'ils sont liés.

— Donc vous allez aussi autopsier Maurice Sauve ?

— Ça ne va pas être possible, malheureusement.

Je cligne des yeux.

— Pourquoi ?

— Il a été incinéré.

— Quoi ?

Je fronce les sourcils et je le fixe.

— Vous ne m'en avez pas parlé à la laverie.

— J'allais le faire mais vous êtes partie à toute vitesse.

Ah oui… C'est vrai.

— Et vous n'avez pas pu faire reporter la crémation ? demandé-je.

— Les funérailles ont eu lieu juste avant la mort de Nadia et avant que je tombe sur la piste des dépenses de Maurice Sauve. Je n'avais aucune preuve matérielle pour empêcher ses amis et sa famille de lui faire leurs adieux.

Je me passe la main dans les cheveux. Avec le corps parti en fumée, Adinian va avoir du mal à déterminer la cause de la mort de Maurice, et encore plus à prouver que c'était un meurtre.

— Mais, dit-il, j'ai eu le feu vert du juge d'instruction pour l'autopsie de Nadia Sauve.

— Bien.
— Son corps sera emmené au centre régional demain.
Je me lève en faisant un petit signe de tête.
— Merci de m'avoir tenue au courant, capitaine.
— Madame Cavallo.
Il fait le tour du bureau pour venir se planter devant moi.
— Restez prudente.
— Je le suis toujours.
En imitant Rose, je chasse une mèche imaginaire de ma tempe en un geste censé témoigner d'un niveau stratosphérique de confiance en moi. Ou était-ce plutôt un geste de bravoure ? Il faudra que je lui redemande.
Adinian n'a pas l'air convaincu.
— Maintenant que votre vœu a été réalisé et que je suis sur l'affaire, dit-il, vous devriez prendre du recul et me laisser faire mon travail.
Je me dirige vers la porte.
— C'est exactement ce que je compte faire.
— Content de l'entendre !
Je m'arrête dans l'embrasure et me retourne.
— Vous allez interroger Kévin Smati ? Vous savez, à cause du testament de Maurice Sauve ?
Il plisse les yeux.
— Comment savez-vous pour le testament ?
— J'ai mes sources.
Il me regarde d'un air exaspéré.
— Kévin Smati est un individu potentiellement impliqué dans cette affaire.
— En d'autres mots, c'est un suspect ?
— C'est le seul à qui profite la mort prématurée de Maurice Sauve, dit-il.
C'est aussi la théorie à laquelle je suis parvenue dimanche soir, après que Serge m'a parlé du testament de Maurice. C'est la seule qui fait sens.
— Mais je ne vais pas l'arrêter pour l'instant, ajoute Adinian.

Pas pour l'instant.

Il croit que ce n'est qu'une question de temps et de preuves. Voilà une approche tout à fait raisonnable.

Alors pourquoi elle me contrarie tant ?

22

Au moment où j'entre dans la pâtisserie, Magda s'y glisse aussi.

— On m'a dit qu'il y a eu un petit incident au Salon de la Lavande ?

T'es sérieuse, Magda ?

Je scrute son visage. Si elle est derrière tout ça, elle est quand même culottée de venir m'en parler ! Tenterait-elle d'évaluer l'impact de sa menace ?

— Vous êtes bien informée, commenté-je. Elle remue les lèvres, sans rien dire.

Éric s'approche d'elle.

— C'est vous qui avez fait ça ?

— Non.

Elle se tourne vers moi.

— Ne te méprends pas, j'attends que ça, que tu partes. J'espère que d'ici Noël, ça sera bouclé.

— Pourquoi ? Éric et moi demandons à l'unisson.

— Comme ça, je vais pouvoir racheter les locaux pour pas cher et enfin agrandir ma boutique. C'est pas personnel, Julie, c'est du business.

Elle arque un sourcil et nous regarde chacun à notre tour.

Rien de personnel, mon œil !

Au moins le mystère autour de sa haine immédiate, inexplicable et irréversible envers moi est levé.

En surplombant Magda, de petite taille, Éric plisse les yeux.

— Et on est censés vous croire, là ?

— En amour, je me permets tous les coups, dit-elle. Mais en affaires, je me bats à la loyale. D'ailleurs, vu comme vous peinez à décoller, ma stratégie est de patienter plutôt que de me battre.

— On commence à se faire connaître, et on va atteindre le seuil de rentabilité ce mois-ci, l'informe Éric.

Enfin, plus ou moins. Et seulement grâce au gros chèque des Prouttes. Mais Magda n'a pas besoin de le savoir.

Elle ricane.

— Vendre du sans gluten à Beldoc ? Grave erreur ! Elle me pointe du doigt.

— T'es restée trop longtemps à Paris, ma chérie, tu t'es déconnectée. Rose aurait dû te prévenir que ça n'intéressait personne ici.

— Au cas où vous ne seriez pas au courant, Rose donne des cours de *Doga* ici, dis-je en levant le menton. Les Beldociens sont ouverts à la nouveauté.

Magda secoue la tête, puis nous tourne le dos.

— Enfin bref, je voulais juste te dire que c'est pas moi qui ai ruiné ton stand hier. On dirait bien que je ne suis pas ta seule fan !

— Je doute que les flics le trouvent, cet autre *fan* ! s'écrie Éric après elle.

Magda ne prend pas la peine de lui répondre.

À mesure que la journée passe, je suis de plus en plus convaincue qu'elle ne nous a pas menti. La boue gluante, la menace… tout ça serait forcément en lien avec l'affaire Maurice Sauve !

Quelqu'un n'apprécie pas que je pose des questions aux protagonistes. Quelqu'un pense que je m'approche un peu trop de la vérité. Quelqu'un veut me faire abandonner.

Si j'essaie d'être rationnelle, ce quelqu'un est probablement Kévin Smati.

Le fait qu'il soit jeune m'a fait sous-estimer sa méchanceté. Il a dû simuler son chagrin. C'est ce que pense Adinian, en tout cas. C'est ce que toute personne sensée penserait.

Je suis une personne sensée. Je vais suivre son conseil et prendre du recul. Nous allons dissoudre la FREJ comme le souhaite Rose. C'était amusant d'enquêter, mais les choses sont devenues trop sérieuses pour des amateurs comme nous.

Le vandale du Salon de la Lavande a gagné, je vais faire exactement ce qu'il veut que je fasse.

Et mon *cinémagraphe* ? Juste une hallucination.

Ce n'était qu'un fantasme sorti de mon imagination et pourvu d'une vraisemblance supérieure à celles des rêves habituels.

La bonne nouvelle, c'est que nous avons eu un nombre étonnamment élevé de clients tout l'après-midi, comme pour contredire Magda et donner raison à Éric.

La plupart sont des touristes mais il y a aussi des gens du coin. Certains avaient goûté à mes échantillons pendant le Salon et sont venus échanger leur coupon contre 10 % de réduction. Quelques-uns, à ma grande surprise, sont des invités du mariage d'Angèle Prouttes. Ils sont venus voir la pâtisserie parce qu'ils avaient aimé le gâteau et pris l'une des cartes que j'avais laissées à côté.

Dans ma tête, je me reproche d'avoir pensé et dit autant de mal de ma réplique en feuilles d'or. Je n'ai pas à en avoir honte. Tout ce qui attire de nouveaux clients est un succès !

Quand une Audi tape-à-l'œil se gare devant la pâtisserie à 20 heures et qu'un beau jeune homme en sort, Flo, qui a pris la suite d'Éric entre-temps, me lance un regard interrogateur. Je l'observe par-dessus une sélection de chocolats que je prépare pour un client.

C'est mon ancien camarade de classe, Denis Noble.

Je me demande ce qui l'amène ici…

Oh ! purée !

On est jeudi soir. On était censés aller boire un verre, lui et moi.

Je me donne un air ravi et, je l'espère, pas du tout surpris. Une expression qui montrerait que je l'attendais. Et qui cacherait que j'avais complètement zappé notre rendez-vous ce soir, voire son existence tout entière.

— Prête ? me demande-t-il après avoir dit bonjour à Flo.

— Dans cinq minutes !

Avec un signe de tête, il quitte la boutique, se plante à la porte et sort son portable de sa poche.

Je tends les clés à Flo.

— Tu pourras fermer ce soir ?

Elle me fait un clin d'œil.

— On dirait que quelqu'un a un rencard.

— C'est pas un rencard, juste un verre avec un ancien camarade de classe.

— Mais bien sûr.

Elle me lance un regard taquin.

En balayant sa remarque de la main, je me précipite dans la salle de bains, j'enlève mon tablier et mon bandana, me brosse les cheveux avec les doigts et applique un coup de rouge à lèvres. Ça fera l'affaire.

Quand Denis m'ouvre la portière de sa voiture, son sourire semble un peu nerveux, derrière son allure confiante.

— Il y a ce nouvel endroit chic, Le Gaulois réfractaire, qui a ouvert en haut de la Butte Royale. T'y es déjà allée ? me demande-t-il.

— Non, mais le nom m'intrigue.

Il sourit.

— On y va, alors !

Moins de dix minutes plus tard, nous entrons dans un restaurant à l'ambiance huppée, où il se trouve que monsieur Noble avait réservé pour deux. Le maître d'hôtel nous conduit à notre table.

Haussant les sourcils, je chuchote à Denis :

— On était censés juste boire un verre.

Il laisse tomber la tête sur sa poitrine, comme pour avouer sa culpabilité.

— Je sais.

— Denis, commencé-je.

— Pour ma défense, je meurs de faim ! Je parie que c'est aussi ton cas.

Il fait une tête de chien battu avant d'ajouter :

— Et puis, c'est l'heure du dîner.

Un serveur maniéré tire ma chaise.

Je ne peux pas m'empêcher de me sentir piégée, mais je souris poliment et je m'assois. On passe commande.

— S'il te plaît, ne m'en veux pas de t'avoir forcé la main, implore Denis. Si tu ne veux pas appeler ça un rendez-vous galant, alors ça n'en sera pas un.

— Ça n'en est pas un, alors, dis-je fermement.

Son visage s'affaisse.

— Bien sûr.

Dans le coin rouge du ring, catégorie poids plumes et originaire de Provence, la gentille Julie, polie et bien élevée, commence à se sentir mal pour Denis. En face, dans le coin bleu, l'adulte madame Cavallo se demande pourquoi nous les femmes, on regrette tout de suite d'avoir dit un truc – aussi vrai ou juste soit-il – qui rend un homme triste pendant une seconde.

Comme toujours, c'est la gentille fille qui remporte le match.

— Mon divorce est trop récent, Denis, dis-je. Il est encore trop tôt pour que je puisse passer à autre chose.

Ça semble le réconforter.

— Je comprends complètement !

— Merci.

Une expression de sollicitude chasse la morosité de son visage.

— Aucune pression et il n'y en aura jamais, je te le promets. Tout ce que je demande, c'est que tu profites d'un bon repas. Et moi, je vais profiter de ta compagnie.

Je souris, sans savoir quoi répondre.

Quand nos plats arrivent, la conversation est déjà plus détendue. Denis me pose des questions sur ma boutique et sur ma famille. Je réponds et je lui pose des questions du même genre. Il dévie et m'en pose d'autres. Arrivés au dessert, nous avons parlé pendant une heure, et je ne sais toujours pas ce qu'il fait dans la vie, ou si ses parents, dont je me souviens vaguement – son père était une sorte de dignitaire, je crois – vivent toujours ici. Ni même s'ils sont encore ensemble.

Les seules choses qu'il m'a dites ouvertement sont qu'il est célibataire, sans enfants, jamais marié, marre des relations sans lendemain, et à la recherche de l'âme sœur. C'est assez clair qu'il me verrait bien dans ce rôle. Ce qui l'est moins, c'est pourquoi il pense ça.

La tentation est grande de mettre mes mains autour de ma bouche et d'annoncer : « Reçu cinq sur cinq, Denis. Bien noté. Je n'oublierai pas. » Mais je résiste.

Que penserait Rose si j'agissais de manière aussi vulgaire ?

Soit dit en passant, Denis ne manque pas de charme. Il est beau et bien élevé. Sa voix est plaisante. Son costume lui va à merveille. Il sent le propre, un parfum qui doit venir d'un flacon chic avec une inscription « édition limitée », et qui coûte forcément un bras.

Je devrais être flattée qu'un homme comme Denis porte autant d'attention à moi, une divorcée de trente ans, sans le sou, et au futur incertain. Et je ne devrais surtout pas être là à penser aux yeux chocolat 86 % cacao du capitaine Adinian. De un, c'est un gendarme, un militaire qui vit dans une caserne avec le reste de sa brigade, marié à son boulot. De deux, contrairement à Denis ici présent, Adinian n'a pas du tout l'air intéressé par moi.

Quand Denis et moi sortons du restaurant, je lève le visage pour goûter à la brise du soir. Regardant aux alentours, je me rends compte que nous ne sommes pas très loin du quartier de Maurice Sauve. On peut même voir le bout de sa rue d'ici.

— Ça te dirait qu'on se promène vers le bas de la colline puis qu'on remonte ? demandé-je en me maudissant pour ce que je suis en train de faire.

Il m'offre son bras.

— Avec plaisir !

Me traitant de tous les noms en silence, je passe mon bras dans le sien. Nous commençons notre balade tranquille.

C'est une erreur.

Je le sais très bien. Mis à part l'imprudence de ma venue ici, et la fausse idée que je pourrais donner à Denis, qu'est-ce que j'espère trouver, au juste ? Que pourrais-je discerner dans la faible lumière des lampadaires, que je n'aurais pas déjà vu de jour ?

23

Denis et moi passons devant chez Maurice à pas de tortue, chacun pour ses propres raisons.

Je ne vois rien d'anormal. Je ne sais même pas ce que je cherche en fait. Un peu plus loin en bas de la rue, j'examine la maison de Berthe, mais le résultat est toujours aussi décevant.

Un homme portant un maillot de l'Olympique de Marseille se prélasse sur le porche de sa maison, juste après celle de Berthe.

Il lève sa canette de bière.

— Bonsoir les tourtereaux ! Vous cherchez un nid dans le quartier ?

Merde !

Il a dû me voir fixer les maisons. Heureusement, il a mal interprété l'intérêt que je leur portais.

Je le désabuse tout de même de l'idée que Denis et moi soyons des tourtereaux.

— C'est madame qui voit, dit-il en faisant un clin d'œil à Denis.

— Est-ce que madame peut vous poser une question ? je m'entends lui demander.

— Toutes les questions que vous voudrez, ma petite dame ! s'exclame-t-il. Notre télé est tombée en panne cet après-midi. Ma femme regarde sa série chez Berthe, et les enfants sont au lit.

— Vous connaissiez Maurice Sauve ?

C'est ça que t'appelles prendre du recul, Julie ? La bonne blague !

Denis me chuchote à l'oreille :

— C'est qui Maurice Sauve ?

— Je t'expliquerai plus tard.

Le sourire joyeux du voisin s'efface.

— On regardait toujours le foot ensemble, Maurice, mes garçons, son beau-fils et moi. Maurice était un inconditionnel de foot, comme moi.

Je hoche la tête.

— Et Nadia Sauve ?

— Maurice aurait dû essayer de sauver son mariage, dit-il. Nadia était une fille bien. Mais j'imagine que le cœur a toujours ses raisons. Et le cœur de Maurice voulait cette bimbo, Charline.

Il avale une gorgée de sa canette, avant d'ajouter :

— Il me manque, Maurice.

Dans toutes mes entrevues précédentes, les questions me venaient facilement, elles apparaissaient toutes seules dans ma tête. Mais là, je ne sais plus quoi lui demander.

Enfin non, pas tout à fait. J'ai quelques idées, mais je ne suis sûre d'aucune d'elles. Notre sympathique fan de l'OM a déjà dit qu'il aimait bien Nadia, donc inutile de creuser davantage dans cette direction. Il a aussi laissé entendre qu'il n'avait pas une haute opinion de Charline. Devrais-je insister dans ce sens pour voir s'il mentionne quelque chose qui pourrait l'incriminer ?

Ou peut-être que je ne devrais pas gaspiller mes questions sur la « bimbo » impulsive qui n'avait quasiment rien à gagner de la mort de Maurice Sauve, et encore moins de celle de Nadia. Franchement, si un jour Charline tuait quelqu'un, ça serait à coup de talon aiguille en plein milieu d'une baston. Je ne la vois tout bonnement pas empoisonner quelqu'un de sang-froid.

C'est surtout au sujet du suspect principal d'Adinian que je devrais poser des questions au voisin de Berthe – celui à qui profitait la mort de Maurice.

— Kévin a le même âge que vos garçons, c'est ça ? demandé-je.

— Mon aîné a un an de moins, mais ils sont copains.

— Et diriez-vous de Kévin que c'est quelqu'un de bien, digne de confiance, ou que ça serait plutôt un menteur ?

Il plisse les yeux.

— Pourquoi cette question ?

— Kévin est venu me voir il y a quelques jours, commencé-je en réfléchissant aussi vite que possible. Il a besoin d'aide et j'essaie de savoir si je peux faire quelque chose pour lui.

Bon, ce que je viens de dire n'est pas tout à fait exact, mais ce n'est pas un mensonge non plus.

— Bien sûr qu'il a besoin d'aide, ce pauvre garçon !

Le footeux pose sa bière avant de reprendre :

— J'imagine que vous êtes psy ? Mettez-vous à sa place. D'abord il perd son beau-père, et une semaine plus tard sa mère.

— Son ex-beau-père, précisé-je.

Mais je ne corrige pas son idée que je suis psy, qui m'arrange.

J'avoue que je ne suis pas très fière de moi sur ce coup.

— Peu importe, Maurice tenait beaucoup à Kév, dit-il.

— C'était réciproque, même après le divorce ?

— Évidemment ! Maurice a été le seul père que Kév a connu.

Ma question suivante devait demander si Kévin aimait l'argent, mais je change d'avis.

— Vous avez entendu parler de l'intoxication alimentaire de Maurice, l'année dernière ? j'interroge à la place.

Maintenant que Charline l'a confirmée, je peux m'appuyer sur autre chose que mon *cinémagraphe*.

Le fan de l'OM secoue la tête.

— Maurice et moi, on regardait le foot ensemble, mais on n'était pas vraiment proches. On se voyait pas tellement, la saison finie.

Eh bien, on dirait que je n'en saurai pas plus.

— Donc vous ne savez pas s'il a eu une intoxication alimentaire l'hiver dernier, ou une violente réaction allergique, ou une éruption bizarre…

— En parlant de réaction allergique, j'en ai fait une la semaine dernière, dit-il en riant doucement. Enfin peu importe, c'est Kév qui vous intéresse, pas moi.

— Dites toujours ! je l'encourage en ignorant le raclement de gorge impatient de Denis.

— Je jouais au ping-pong dans le jardin avec mon fils cadet, et la balle a atterri dans le jardin de chez Berthe.

Donc la maison de Berthe a quand même un jardin !

— Berthe était sortie faire les courses, continue-t-il. C'était notre dernière balle, et mon fiston était de mauvaise humeur, alors…

Il sourit comme pour s'excuser.

— J'ai grimpé par-dessus le muret pour la récupérer.

Instinctivement, sans vraiment savoir pourquoi c'est important, je me rapproche de lui.

— Et ?

Il sourit triomphalement.

— Il m'a fallu ramper vingt minutes mais je l'ai trouvée, cette saleté ! Elle était cachée dans les buissons.

— Vous alliez me parler d'une réaction allergique…

— Ah oui, bien sûr ! Je suis revenu de l'autre côté du muret, et au début ça allait. On a joué un peu plus au ping-pong. Mais ensuite des trucs bizarres ont commencé à m'arriver.

— Quels trucs ?

— Mes doigts sont devenus tellement engourdis que j'en ai fait tomber ma raquette.

Il observe sa main droite, comme s'il revivait sa mésaventure.

— J'ai perdu toute sensation dans la main, puis dans tout le bras. Je me suis senti mal. J'ai commencé à vomir. Mon cœur battait à toute vitesse et ma tête me faisait un mal de chien.

— Vous avez appelé un médecin ?

— Ma femme l'a fait pour moi. On m'a emmené à l'hôpital où on m'a lavé l'estomac, et le jour suivant ça allait déjà mieux.

Tiens donc !

Quel genre de plante dans le jardin de Berthe aurait pu déclencher une réaction comme celle-ci ? Plus important encore, cette plante, une fois ingérée, pourrait-elle provoquer une crise cardiaque ?

Ces questions me donnent le tournis.

Je contemple à nouveau la maison de Berthe.

Malheureusement, il est quasiment impossible de voir son jardin depuis la rue, et encore moins d'en faire le tour, à cause des maisons voisines mitoyennes. Si je voulais jeter un œil à l'intérieur, il faudrait que je fasse le tour du pâté de maisons entier… en espérant que je ne découvre pas la même disposition de l'autre côté.

Quoiqu'il en soit, je ne peux pas aller fouiner en laissant Denis ici échanger des plaisanteries avec le fan de l'OM. Nous disons au revoir au voisin de Berthe et remontons la pente pour rejoindre la voiture de Denis.

Pendant que je lui résume en gros l'affaire Maurice Sauve, mon esprit bourdonne.

Je n'ai pas encore d'hypothèse. Je trouve difficile de croire que Berthe ait pu tuer son cousin – le seul membre de sa famille encore en vie, le gars avec qui elle avait grandi et dont elle était proche – pour une maison et un peu d'argent. Si elle était au courant pour le testament, elle aurait pu le faire par colère ou par vengeance, mais je trouve ces motifs encore moins convaincants.

Ou peut-être que Maurice aussi était allé chercher quelque chose dans le jardin de Berthe où, comme le fan de l'OM, il était entré en contact avec la plante mystérieuse. Mais la réaction de Maurice a été bien plus dramatique : ça l'a tué.

Ce scénario ferait de sa mort un malheureux accident et non un meurtre. Le seul problème, c'est que ça n'explique pas la mort de Nadia. Dans son cas, était-ce un véritable infarctus survenu juste après la mort de son ex-mari ? L'autopsie devrait répondre à cette question.

Si ce n'était pas un infarctus, alors Nadia serait-elle aussi allée dans le jardin de Berthe le jour de sa mort ? Pourquoi aurait-elle fait ça ? Était-elle accro à Pokemon Go comme mon ex Bruno à une époque ? Était-elle secrètement une chasseuse de trésors qui avait trouvé une carte dessinée pendant la Terreur par un aristocrate du coin juste avant qu'il ne se fasse guillotiner ?

Pff, c'est ridicule !

Voilà ce qui arrive quand je laisse libre cours à mon imagination : elle part en vrille. En vérité, je n'ai pas une seule théorie « pas complètement nulle » pour le moment.

Il faut que je rentre chez moi pour faire quelques recherches.

24

Il est midi passé et je ne peux pas m'empêcher de bâiller. Je bâille depuis que je me suis réveillée.

Comme pendant ma première année avec Bruno !

On s'amusait tellement au lit qu'on manquait constamment de sommeil. Mais cette fois, je suis épuisée parce que je suis restée sur mon ordinateur à faire des recherches sur les plantes vénéneuses jusqu'à 5 heures du matin.

Au début, ma liste de suspects était énorme. Mais j'ai réussi à la réduire considérablement, en appliquant les critères de climat et de symptômes. Je cherchais aussi une plante qui avait l'air inoffensive, qui ne se remarquerait pas, que l'on frôlerait sans même se rendre compte que l'on vient de se mettre en grave danger.

À 3 heures, j'avais mis la main sur la grande gagnante : le faussement discret aconit.

La plante qui répondait le mieux à tous mes critères s'est avérée être l'aconit, alias tue-loup, alias casque de Jupiter. L'aconit arbore un look passe-partout, à mi-chemin entre le persil sauvage et le raifort, avec de jolies fleurs bleues en forme de cloche. On en trouve facilement en vente libre. On peut même en commander en ligne !

À doses homéopathiques, l'aconit peut aider à soulager les douleurs articulaires et améliorer la circulation sanguine. Mais même le plus bref contact avec la plante peut vous rendre vraiment malade, comme ce qui est arrivé au voisin de Berthe. C'est parce que la peau absorbe facilement les toxines contenues dans l'aconit.

D'après ce que j'ai compris, les chances de s'en sortir dans un tel cas ne sont pas trop mauvaises. En revanche, prise par voie orale, une infime quantité peut provoquer un arrêt cardiaque et être fatale.

Je pense que c'est ce qui est arrivé à Maurice et Nadia.

Berthe aurait-elle empoisonné son cousin et l'ex-femme de celui-ci ?

Ou Kévin aurait-il découvert de l'aconit dans le jardin de Berthe, et l'aurait utilisé contre son ex-beau-père et puis contre sa propre mère ?

Mais pourquoi, bon sang, pourquoi ?

Le meurtre de Nadia, si elle a bien été assassinée, n'a aucun sens pour moi. Kévin tuerait sa mère, aimante et dévouée, pour ne pas avoir à partager avec elle les quelques milliers d'euros qu'il hériterait de Maurice ? Sans rire ?

Je bâille encore, frustrée. Épuisée.

À 16 heures, Éric finit son service et rentre chez lui.

Flo passe des examens aujourd'hui, et je ne m'attends pas à la voir avant 18 ou 19 heures. Soit dit en passant, les affaires ont été trop calmes pour un vendredi. Mais pour une fois, ça ne me dérange pas, vu qu'il y a une personne en moins pour servir à la boutique.

En fait, si l'on prend en compte le vagabondage de mon esprit depuis ce matin, il nous en manque deux.

À 17 h 15, Kévin Smati passe la porte, une boîte en carton serrée contre la poitrine. Il s'avance vers moi.

— Un gendarme est venu me parler ce matin, le capitaine Adinian.

Je hoche la tête.

Il me dévisage.

— Vous n'avez pas l'air surprise.

— Je savais qu'il voulait te parler.

— Il m'a annoncé que j'allais hériter de la moitié de ce que Maurice possédait.

Sois prudente, Julie !

En essayant de rester neutre, je lui demande :

— Tu n'étais pas au courant ?

— Non ! C'est ce que vous croyiez ?

Il pose sa boîte sur le comptoir et entrelace ses doigts au-dessus de sa tête, visiblement désemparé.

— Je parie que le capitaine Adinian partage vos soupçons, il doit être convaincu que j'étais au courant de l'héritage.

Kévin se met à faire les cent pas dans la boutique.

— Je suis un suspect, c'est bien ça ?

Il s'arrête devant moi.

— Les gendarmes pensent que j'ai tué Maurice et ma... ma mère ? Vous pensez ça, vous aussi ?

— Non, dis-je. Enfin, je ne sais pas vraiment quoi penser.

— Je n'avais aucune idée de ce foutu héritage, vous m'entendez ?

Il prend une longue inspiration puis poursuit, plus calmement :

— Avec Adinian, on a appelé un notaire... Maître Guichard, je crois ?

— Oui.

— Il a confirmé l'existence de l'héritage. Il se trouve qu'il venait de m'envoyer une lettre en recommandé à ce sujet, et qu'il avait prévu de m'appeler demain.

Est-ce que je crois Kévin ?

Je sais que Serge ne l'avait pas informé plus tôt. Mais est-il crédible que Kévin n'ait rien découvert jusqu'à aujourd'hui, par d'autres moyens ?

Dites de moi que je suis bête ou naïve, mais je pense qu'il est innocent.

— Écoute, dis-je. S'il y a quoi que ce soit dont tu te souviens sur le dernier jour de ta mère, un détail qui pourrait...

— Là, m'interrompt-il en faisant glisser la boîte vers moi sur le comptoir. Je l'ai trouvée chez maman, dans son appart. C'était pas là avant.

Je penche ma tête de côté, en essayant de comprendre ce qu'il veut dire.

— Cette boîte appartenait à Maurice, reprend Kévin. Je ne sais pas quand ou pourquoi maman l'a ramenée chez elle. Elle devait penser qu'elle trouverait quelque chose dedans.

— Comme quoi ?

— J'sais pas, admet-il en passant les mains sur son visage. Tout ce que je sais, c'est qu'elle n'a jamais cru que Mamie Huguette me mettrait à l'écart. Je pense qu'elle espérait trouver sinon le testament, au moins une lettre qui préciserait ce qu'elle voulait me léguer.

— T'as fouillé la boîte ? demandé-je.

— Oui.

— Alors ?

— J'ai rien trouvé de pertinent.

Son visage se chiffonne de frustration quand il ajoute :

— Mais peut-être que vous serez plus douée que moi.

— Je la ramène chez moi ce soir et je regarde ça.

— D'accord.

Il tourne les talons, et s'en va faisant fi des adieux comme il avait fait fi des salutations.

Cinq minutes plus tard, j'accroche la pancarte « Fermé » sur la porte – le plus tôt que j'aie jamais fermé depuis que j'ai ouvert il y a plus d'un mois – et je vide le contenu de la boîte sur le comptoir. C'est trop important, ça ne peut pas attendre que je rentre à la maison.

Je trie les enveloppes que j'organise en une pile, et tous les autres papiers, dossiers et documents en une autre. Certains papiers ont des plis, comme s'ils avaient été froissés, puis lissés. D'autres ne sont même pas des pages entières, seulement des parties déchirées. Il est possible que ce ne soit pas Maurice qui ait rempli cette boîte. J'imagine bien Nadia, chez lui, en train de vérifier les tiroirs, les placards, les poubelles, et de jeter tout ce qu'elle trouvait dedans.

Je commence par la pile « documents ».

Vingt minutes plus tard, je bâille encore plus fort que ce matin. Mes bâillements sont tellement fréquents qu'ils fusionnent en un super bâillement sans fin, ponctué de courtes pauses lorsque j'attrape le papier suivant, en espérant toucher le gros lot. Nouvelle déception. Autre bâillement.

Il y a des factures d'eau, d'électricité, de gaz et autres consommations et redevances. Des tickets de caisse et des reçus. Des billets de train, aucun en première. Des cartes d'embarquement, toutes en classe économique.

Rien d'extravagant ou qui indique que Maurice avait des secrets. Rien qui pourrait éclairer son année à l'étranger. Tout ce que je vois montre la vie banale d'un Français moyen.

S'il y a un saint patron des détectives amateurs, qu'il m'envoie un relevé bancaire maintenant ! Une déclaration d'impôts serait aussi la bienvenue. Mieux encore, une lettre personnelle.

Mais on dirait bien que Maurice gardait tout cela dans un endroit que Nadia n'a pas trouvé.

Finalement, je tombe sur quelque chose d'un peu plus intéressant qu'une facture d'électricité. C'est une copie du certificat de succession. Je la feuillette. Berthe avait raison, la maison d'Huguette ne vaut pas grand-chose. Franchement, à ce prix-là, je doute qu'on puisse s'offrir une chambre de bonne dans le quartier parisien où j'habitais. À moins que ce soit un réduit sous les combles. Un réduit sous les combles avec toilettes sur palier.

À la moitié de la seconde pile, celle des enveloppes, quelqu'un toque à la porte. Je regarde ma montre : il est 18 h 30. Ce doit être Flo.

Je la fais entrer et je ferme la porte derrière elle, en laissant la pancarte « Fermé ». En réponse à son regard interrogateur, je lui résume brièvement mon aventure d'hier soir, mes recherches sur l'aconit, la visite de Kévin et ce que j'ai trouvé jusqu'à présent.

Ou, plus précisément, ce que je n'ai pas trouvé.

Elle jette un œil aux piles sur le comptoir, puis sur moi.

— Tu as l'air… on dirait un vampire qui n'a eu personne à mordre depuis des jours.

— Madame, dis-je théâtralement, vos flatteries empourprent mes joues !

— Je vais nous faire un café.

J'attrape l'enveloppe suivante dans la pile. En fait, c'en est une moitié, avec un bord intact et l'autre déchiré. Nadia a dû la repêcher dans la poubelle. Je parcours la pile deux fois en espérant y trouver l'autre moitié, mais elle n'y est pas.

La moitié survivante ne contient qu'un fragment des coordonnées de l'expéditeur, qui ne me disent rien. En tirant le contenu de l'enveloppe, je déplie une demi-lettre tapée à l'ordinateur. La partie que j'arrive à comprendre est une demande à l'attention de Maurice à « recevoir notre expert dès que cela vous sera possible. »

Le reste de la lettre, avec le nom et les coordonnées de l'expéditeur, est manquant. La signature griffonnée en bas est trop illisible pour identifier qui voulait envoyer un expert chez Maurice. Le reste du texte ne donne aucun indice sur le type d'expert ou le but recherché.

Serait-ce un agent immobilier ?

Flo pose deux petits cafés sur le comptoir.

— T'as trouvé quelque chose ?

— Non.

Je mets la moitié de lettre en haut de la pile que j'ai déjà passée en revue et je bois mon café.

Flo ramasse l'enveloppe déchirée et fixe le cachet de La Poste, puis le fragment de l'adresse de l'expéditeur qui ne me disait rien.

— Je crois savoir qui c'est.

Je pose ma tasse.

— Non ?

— Ce n'est que la moitié du nom mais je ne vois pas qui d'autre ça pourrait être, dit-elle.

J'attends.

Elle étudie le morceau d'enveloppe, puis la moitié de lettre, puis à nouveau l'enveloppe.

Le suspense est insoutenable.

— Flo ?

— C'est le groupe Martin Spinelli, une boîte spécialisée dans l'authentification d'œuvres d'art pour les particuliers et les professionnels. Ils sont basés à Avignon.

Nous échangeons un regard.

Quelque chose s'agite dans le fond de mon esprit et bouscule toutes mes autres pensées pour passer devant. À en juger par sa moue tendue, quelque chose du même genre se passe dans la tête de Flo. Elle a un truc sur le bout de sa langue…

— Fragonard ! s'écrie-t-elle.

Pendant une fraction de seconde, je la regarde, confuse. Puis ça me vient.

— La chemise déboutonnée !

Flo se couvre la bouche de la main et se met à tourner au ralenti en répétant : « Oh là là, oh là là là là ! »

Quand elle s'immobilise, ses yeux scintillent.

— Karine a dit que son père était un héros, parce qu'il avait ramené le Fragonard à la maison, tu te souviens ? À ce moment-là, j'ai cru qu'elle parlait de leur mini Versailles, ou alors de la Provence, le lieu de naissance du peintre.

— Mais peut-être qu'elle parlait de l'endroit où le portrait avait passé les deux derniers siècles, avant de partir à Paris pour la vente aux enchères…

— Il était ici, dans notre petite ville, s'exclame Flo. La maison du tableau, c'est Beldoc !

Je siffle mon café d'une traite.

— Je pense que tu as raison. Ce Fragonard était dans la famille Sauve depuis des générations, jamais reconnu ni vraiment apprécié. Peut-être qu'ils trouvaient la jeune femme trop frivole. C'est sans doute pour ça qu'ils l'ont gardé au grenier ! Ensuite, Huguette Sauve est décédée, et Maurice a trouvé la toile au milieu de son bric-à-brac…

— Et l'a vendue pour la bagatelle de deux millions d'euros.

Une bagatelle, c'est ça.

Flo lève la main, sa paume tournée vers moi.

— Tope-là ! Dis donc, on est plutôt douées !

Je lui tape dans la main.

— Vive la FREJ !

— Et maintenant, c'est quoi le plan, cheffe ? me demande-t-elle en empruntant la formule préférée d'Éric.

Pour gagner un peu de temps, je reprends la moitié de lettre en mains. En la tenant par le coin pour ne pas effacer les empreintes, au cas où elle servirait de preuve matérielle pour le capitaine Adinian, je la glisse dans ce qui reste de l'enveloppe.

— Laisse-moi y réfléchir, dis-je.

Le regard de Flo s'attarde sur mes cernes.

— OK, mais tu vas d'abord dormir un peu, promis ?

25

Un appel de Rose me réveille à 7 heures du matin. Je sens immédiatement que quelque chose ne va pas. Elle ne m'appelle jamais aussi tôt. Surtout, elle n'est jamais réveillée de si bonne heure.

L'œil à moitié ouvert, je cherche mon téléphone sur la table de nuit et je me racle la gorge avant de répondre :

— Rose ? Qu'est-ce qui se passe ?

— Il y a eu un incendie.

Je me redresse aussitôt.

— Tu vas bien ? La maison ?

— Moi, ça va, dit-elle. La maison a eu de la chance. Mais la terrasse est cramée. Le plancher, les plantes, les meubles, le treillis, la pergola…

Elle renifle.

— Tiens bon, mamie, j'arrive tout de suite ! m'écrié-je en bondissant du lit.

Je fais l'impasse sur la douche, en remerciant Dieu pour les fabricants de lingettes, et je m'habille en vitesse. J'envoie ensuite un message à Éric pour lui dire de ne pas m'attendre ce matin, puis j'enfourche mon vélo et écrase les pédales comme une folle en direction de chez Rose.

Je la trouve dans le jardin, pas loin du portail, errant sans but entre les pommiers. Sa robe de chambre est à l'envers. Ses yeux sont rouges et gonflés, ses joues striées de suie, et ses cheveux en désordre. Pas une trace de maquillage sur son visage, qui a l'air plus creux que d'habitude. Elle fait plus âgée tout à coup.

La pauvre !

— Viens, m'appelle-t-elle en s'avançant vers la terrasse. Je vais te montrer.

La terrasse est dans un état pitoyable. L'estrade s'est effondrée à plusieurs endroits laissant apparaître des trous béants. Il ne reste pas une seule planche qui n'ait pas été noircie ou rongée par le feu. Les poutres ont beaucoup souffert aussi.

Mais on dirait bien que la maison a été épargnée. Le fait que la terrasse soit séparée du porche par une allée de graviers a dû la sauver. J'inspecte toutes les surfaces visibles – murs, toit, ce qui reste de la terrasse – mais ne vois ni fumée ni braises incandescentes nulle part. C'est une bonne nouvelle, ça.

La mauvaise nouvelle, c'est que la terrasse adorée de Rose a été réduite à un tas de débris et de poussière qui pue le brûlé.

Pas étonnant qu'elle ait l'air si affligé !

Rose me guide autour du sinistre.

— L'incendie a dû commencer vers 1 heure du matin.

— T'étais au lit ? C'est l'odeur de fumée qui t'a réveillée ?

— Non, les aboiements de Lady, dit-elle.

— Beau boulot, Lady ! m'exclamé-je en regardant autour de moi. Où est-elle ?

— À l'étage, elle dort. Après le départ des pompiers, je lui ai donné un léger sédatif pour chien.

Je regarde les éclats de bois pointus disséminés.

— T'as bien fait, mieux vaut qu'elle ne reste pas trop dans le jardin pour l'instant. Tu veux que je la garde quelques jours ?

— Mon amie Sarah va venir la chercher dans quelques heures.

En me serrant la main, Rose me lance un petit sourire.

— T'as pas besoin de ça en plus.

Ce n'est pas faux, mais la raison pour laquelle je n'insiste pas pour garder Lady est qu'elle sera mieux chez Sarah que dans mon appartement. Sarah a un chien avec qui Lady s'entend bien, et un jardin. En plus de ça, elle habite à dix minutes à pied d'ici, donc Rose pourra aller rendre visite à Lady quand elle le souhaitera, en attendant que le reste de sa terrasse soit démonté.

— Il s'est passé quoi, après que tu t'es réveillée ? demandé-je.

— J'avais bu un peu de vin, peut-être plus que ce que j'aurais dû. Du coup, ça m'a pris pas mal de temps pour sortir de mon lit…

Elle laisse échapper un soupir et ferme les yeux pour contenir ses émotions.

Je la prends dans mes bras.

Elle sanglote.

— J'aurais pu sauver la pergola et toutes mes vignes ! Comment ça a pu arriver ? Je suis pourtant sûre d'avoir éteint toutes les bougies, tu sais combien je fais gaffe à ça.

Je caresse ses cheveux emmêlés.

— Je sais.

La vue de la terrasse calcinée est décourageante, incontestablement, mais voir ma grand-mère dans un tel état me brise le cœur. Si Rose veille quasi religieusement à la sécurité incendie, alors pour ce qui concerne son apparence physique, elle est d'une ferveur sans bornes.

À quel point est-elle bouleversée pour en oublier de se coiffer ?

Je réalise que je n'ai même pas de référence pour comparer. Je ne l'ai tout simplement jamais vue comme ça. Quand maman est morte, il s'est écoulé du temps avant que Rose ne soit autorisée à nous rendre visite à l'hôpital. Et puis, j'étais trop dans les vapes pour me souvenir de son apparence ce jour-là.

— Alors, que s'est-il passé quand tu es allée rejoindre Lady ? lui demandé-je pendant qu'elle se détourne pour se moucher.

— Elle était à la porte, elle aboyait comme s'il y avait un inconnu dehors. J'ai regardé par le judas et j'ai aperçu le feu. J'ai tout de suite appelé les pompiers, j'ai enfermé Lady à l'intérieur, et j'ai couru chercher le tuyau d'arrosage.

— Tu as sauvé la maison, mamie !

— Non, ce sont les pompiers qui l'ont sauvée, affirme-t-elle alors qu'un soupçon de sourire effleure les coins de ses lèvres. Mais je les y ai aidés.

Trente minutes plus tard, nous sommes assises autour de la table de la cuisine à boire du café fraîchement infusé par mes soins. Pendant que je m'en occupais, Rose est montée se rincer le visage, plaquer ses cheveux en chignon et remettre sa robe de chambre à l'endroit. Son apparence est un peu plus soignée à présent.

On dirait que ça va mieux. Elle a l'air moins perdue, plus en contrôle de la situation.

— Je vais annuler le cours de Doga de ce soir, dit-elle. Le suivant, je le ferai sur la pelouse ou à l'intérieur, dans le salon.

— Bonne idée.

Elle sort un carnet du tiroir d'un meuble et se met à griffonner une liste, tout en commentant :

— Acheter les croquettes préférées de Lady… Les amener chez Sarah… Prendre plein de photos… Appeler l'assurance habitation et déclarer un sinistre.

Elle lève les yeux vers moi.

— Ils voudront probablement voir les conclusions de l'inspecteur des incendies qui est venu plus tôt ce matin.

— Ah ?

— Je ne t'en ai pas parlé ?

Elle hausse ses épaules en signe d'excuse.

— Franchement, ça m'étonnerait qu'il conclue à une négligence de ma part. Je suis sûre que c'était un court-circuit ou une prise défectueuse.

J'en doute.

Ce que je crains, c'est que l'expert établisse qu'il y ait eu préméditation.

Je cache mon visage derrière ma tasse, en essayant de ne pas me projeter, et de ne pas repenser à l'incident du Salon de la Lavande.

Mais le fait est que depuis les trente dernières minutes, mon état d'esprit a évolué dans le sens inverse de celui de Rose. En d'autres mots, je flippe.

Il se peut que le feu qui a détruit la terrasse de mamie soit un incendie criminel. Les choses auraient pu prendre une tournure tragique la nuit dernière si Lady n'avait pas causé de raffut. La maison aurait pu brûler. Rose aurait pu mourir.

À cette idée, une panique incontrôlable s'empare de ma poitrine. Elle m'empêche de respirer. Je me cache encore derrière ma tasse, et je tousse en faisant semblant d'avoir avalé quelque chose de travers.

On sonne à la porte.

Rose va répondre.

— Ce doit être Sarah.

À ma grande surprise, la personne avec qui elle revient est le capitaine Adinian.

Nous nous saluons.

— Je m'attendais à vous voir ici, me dit-il.

— Des nouvelles de votre médecin légiste ?

— Pas encore.

Il se tourne vers Rose.

— L'inspecteur va bientôt vous envoyer son rapport, mais je peux déjà vous donner ses conclusions préliminaires, si vous le souhaitez.

— Oui, oui, s'il te plaît, Gabriel ! dit-elle.

Gabriel ?

— Il a trouvé le point de départ du feu. C'était dans un coin de la terrasse où aucune prise n'aurait pu être surchargée…, commence-t-il.

— Ah ça non ! Non, non, non ! s'exclame Rose en se mettant à gesticuler et remuer en tous sens. Ne me dis pas que j'ai merdé, comme une vieille…

— Non, ce n'est pas ça, l'interrompt Adinian. L'inspecteur a trouvé le goulot d'une bouteille de vin avec des restes de tissu dedans.

Rose s'assoit net.

— Ça veut dire quoi ?

— Que quelqu'un a rempli une bouteille avec du liquide inflammable, y a inséré un chiffon pour servir de fusible, l'a allumé, et a lancé la bouteille sur votre terrasse par-dessus la clôture.

Il se tourne vers moi.

— Je pourrais avoir un verre d'eau, s'il vous plaît ?

Pendant que je remplis un verre pour Adinian, j'observe Rose. Une multitude d'émotions se succèdent sur son visage à mesure qu'elle prend conscience de ce qu'elle vient d'apprendre. D'abord, le soulagement : l'assurance couvrira probablement les frais de la remise à neuf. Ensuite, le choc : que quelqu'un ait voulu lui faire ça. Enfin, la peur.

— Vous avez des ennemis, Rose ? demande Adinian. Quelqu'un qui pourrait vous vouloir du mal ?

Elle fronce les sourcils.

— Vous savez bien que non.

Comment lui saurait-il ça ? Mais bon, ce n'est pas le moment de poser la question.

Je tends son verre à Adinian.

— Vous pensez que ça peut avoir un lien avec le Salon de la Lavande ?

Rose sursaute. Je lui avais raconté l'incident, en me disant qu'elle l'aurait appris de toute façon par quelqu'un d'autre. De toute évidence, elle n'avait pas fait le rapprochement.

— Ça se pourrait, dit Adinian en portant le verre d'eau à ses lèvres. Ou pas.

Avant que je ne puisse lui demander de développer, il reçoit un appel et nous dit qu'il doit partir. Il promet de nous tenir au courant.

Sarah vient chercher Lady quelques minutes plus tard.

Je fais un gros câlin à Rose puis je rentre chez moi.

Mes pensées sont embrouillées, mais il y en a une qui n'arrête pas de revenir sur le devant.

Je suis à la ramasse.

Si l'enquête que je mène cause du tort à mon affaire ou à ma personne, ça va, j'assume et j'en accepte les conséquences. Mais si mes actes finissent par mettre en danger Rose, Flo, Éric ou Lady, comment vais-je pouvoir vivre avec ça sur la conscience ?

Il y a des gens – et un chien – que j'aime tellement que les protéger compte plus que tout. Même plus que de traîner un tueur en justice ou venger la victime d'un meurtre.

26

La première chose que je fais en rentrant chez moi, c'est de prendre une douche. Principalement parce qu'il y a des limites à ce que les lingettes peuvent faire pour un corps humain, mais aussi parce que j'ai besoin de me vider l'esprit. Même si le mécanisme à l'œuvre est assez obscur, les douches me permettent toujours de me concentrer.

La magie opère au bout de trois minutes d'eau chaude coulant au-dessus de ma tête.

Le brouillard dans mes pensées se dissipe. La peur s'estompe. Je peux enfin entrevoir une lueur.

Sans surprise, cette lueur me ramène à Berthe.

Je rejoue notre deuxième rencontre dans ma tête. Elle avait parlé des « bibelots et babioles » dans le grenier de Huguette. Elle en a même listé certains. Ça ne serait pas impossible qu'elle soit montée là-haut, peut-être même plusieurs fois et qu'elle ait vu lesdites babioles, y compris le vieux tableau.

Lorsque Maurice l'a fait authentifier et envoyer à Paris, Berthe a peut-être aperçu les experts de Martin Spinelli aller et venir. Peut-être a-t-elle vu la toile emportée hors de chez Maurice avec un soin qui lui a permis de deviner sa valeur. Puis elle a constaté que Maurice avait démissionné de son travail pour aller rejoindre la Croix-Rouge comme bénévole.

Peut-être s'est-elle posé des questions.

Imaginons qu'elle ait entendu parler à la radio du Fragonard miraculeusement découvert dans la région, et qu'elle ait fait le lien – comme Flo et moi l'avons fait hier. Que se serait-il passé dans sa tête ? Si elle n'était pas au courant du testament, ce que mes deux entretiens avec elle laissent croire, elle aurait pu faire une supposition logique. Une supposition qui l'aurait fait basculer.

Maurice mort, étant sa seule parente survivante, Berthe aurait pu compter hériter des deux millions d'euros de la vente du Fragonard.

Je détourne mon visage du jet et je prends une profonde inspiration.

Mon imagination me joue-t-elle encore des tours ? Suis-je à côté de la plaque ou proche de la vérité ?

Berthe Millon a-t-elle décidé à un moment entre l'hiver dernier et il y a deux semaines qu'elle voulait ces deux millions d'euros au point de tuer son cousin ?

Avec tout ce que j'ai appris et déduit jusqu'ici, c'est elle, et non Kévin, que je soupçonne le plus. Le problème, c'est que je n'ai pas de preuve, rien de tangible à indiquer aux gendarmes. Je vais quand même appeler Adinian aussitôt séchée et re-caféinée, et je vais demander à le voir aujourd'hui. Je lui raconterai tout ce que je sais et je le supplierai de rediriger son enquête de Kévin à Berthe. Ou bien, s'il suspecte toujours Kévin, qu'il demande au moins à un collègue de s'intéresser à Berthe.

Ça m'a l'air d'être un bon plan.

Je quitte la cabine de douche bien moins paniquée que quand j'y suis entrée. Dix minutes plus tard, j'appelle Adinian.

Il décroche tout de suite.

— Madame Cavallo, comment va Rose ?

— Secouée, mais elle se remet. J'irai la voir cet après-midi, dis-je.

— Que puis-je faire pour vous ?

— Je me disais… Vous auriez un moment à m'accorder aujourd'hui ? Je peux passer à la gendarmerie tout de suite ou plus tard, quand ça vous arrange.

— En fait je ne suis pas à Beldoc, dit-il. On est en route pour la Camargue.

— Ah.

— Je vais devoir y rester deux-trois jours, jusqu'à ce qu'on ait fini de fouiller et de collecter des indices.

— Il s'est passé quelque chose ?

— Deux jeunes hommes, exécutés à la manière de la mafia, ont été retrouvés là-bas ce matin. Cette affaire est la priorité absolue de la brigade maintenant.

— Je comprends.

— C'est urgent de votre côté ? me demande-t-il avec inquiétude. Je peux envoyer l'un des collègues restés à Beldoc vous voir.

Je réfléchis à son offre. Les gendarmes restés sur place vont être très occupés dans les jours qui viennent. En plus, ils ne savent pas grand-chose de l'affaire Maurice Sauve.

— Ça attendra, dis-je.

— Je passerai à la pâtisserie sur le chemin du retour.

Il raccroche.

J'appelle Rose et je lui demande si elle a besoin d'aide pour le nettoyage. Elle me dit qu'elle n'est pas censée toucher à quoi que ce soit avant l'arrivée d'un expert de son assurance. Et qu'il sera là d'une minute à l'autre. Et puis, Serge va passer plus tard l'emmener déjeuner.

J'essaye de déceler de la peur dans sa voix mais il n'y en a pas.

Difficile de dire si elle est dans le déni face au fait que quelqu'un a voulu mettre le feu à sa maison, ou si elle est juste pragmatique. Quoi qu'il en soit, Rose ne me paraît pas effrayée. La connaissant, c'est parce qu'elle ne l'est tout simplement pas.

Chez les Tassy, la trouillarde, c'est Lady. Elle se cache derrière Rose à la moindre menace et n'aboie que quand elle est protégée par les jambes de sa maîtresse ou par une porte.

C'est bien notre Lady, ça !

Quant à ma grand-mère, elle est beaucoup de choses – fouineuse, dragueuse, un peu arriviste et parfois diva – mais ce n'est pas une mauviette. D'ailleurs, aucune des femmes Tassy-Cavallo ne l'est.

Parfait alors, je ferais mieux d'aller à la pâtisserie.

J'attrape mon sac à main et je me dirige vers la porte. Mais au lieu de prendre mon téléphone et de sortir tout de suite, je vérifie mes messages. Comme je m'y attendais, Éric m'en a envoyé un.

Salut, cheffe !

Tout va bien ici. Occupez-vous de votre urgence. Je reste jusqu'à la fermeture et je donne un coup de main à Flo.

À demain, Éric.

Je lui envoie un petit mot de remerciement, tout en me demandant pourquoi j'accepte son offre. Ne devrais-je pas me rendre à la pâtisserie ? Rose n'est plus sous le choc, elle a repris le contrôle. Je parie qu'elle est déjà toute coiffée et maquillée – pas pour son assureur, mais pour Serge.

S'il n'y a plus d'urgence à proprement parler, alors pourquoi je traîne dans l'entrée ?

Pourquoi je pense encore à Berthe ?

Je sais pourquoi. Ce qui ne colle pas avec la jolie petite théorie que je projette de partager avec Adinian, c'est la mort de Nadia Sauve.

Si Berthe a tué Maurice pour de l'argent, pourquoi aurait-elle tué Nadia ? Qu'est-ce qu'elle aurait eu à gagner à la disparition d'une employée de La Poste ?

Berthe l'aurait-elle tuée pour l'empêcher de parler ? Aurait-elle réalisé que Nadia la suspectait ?

Sauf que ce n'était pas le cas.

Quand j'ai parlé à Nadia le jour de sa mort, il était clair qu'elle ne suspectait pas la cousine de Maurice. Aurait-elle obtenu une info ou une preuve plus tard cette nuit-là, après notre conversation, qui aurait incriminé Berthe ? Quelle en est la probabilité ?

Infime.

D'un coup, mon hésitation laisse place à l'audace. Je cours à ma chambre et je fouille les tiroirs de mon armoire à la recherche d'un objet.

Bingo !

Sous mes chaussettes de laine, je repère une paire de jumelles d'opéra compactes noires et or. C'est un cadeau de Rose. Elle nous en a donné une paire chacune, à Cat et moi, pour nos vingt-deux ans. À l'époque, elle espérait encore qu'on deviendrait les versions françaises des sœurs Middleton volant les cœurs des célibataires titrés.

Nous savons par quoi ce rêve s'est soldé…

À l'inverse des célibataires de la haute société, ni Cat ni moi n'avons jamais fréquenté l'opéra. Je doute que Cat ait eu l'occasion d'utiliser les jumelles de luxe de Rose. Je sais pertinemment que moi, je ne l'ai jamais fait.

Enfin, jusqu'à aujourd'hui.

27

Je suis cachée derrière un arbre, rue du Vieux-Puits, à quelques pâtés de maisons de chez Berthe. Mes jumelles sont rivées sur sa maison.

Elle est chez elle. Je distingue sa silhouette qui s'active dans les différentes pièces à travers les trous de ses rideaux en dentelle. Soudain, la forme disparaît.

Je fais la mise au point sur sa porte et patiente.

Avant de me cacher derrière cet arbre, je me suis arrêtée en bas de la rue et j'ai cherché la maison de Berthe sur Google Earth.

Vive les smartphones !

Selon l'appli, Berthe a un assez grand jardin, pris en sandwich entre deux maisons voisines. Le bout de son jardin donne sur une allée tranquille bordée de chênes, la rue Verte. Armée de la carte sur mon portable, j'ai fait le tour du pâté de maisons pour repérer le bord du jardin de Berthe donnant sur la rue Verte. Je l'ai trouvé derrière un mur de briques sans porte ni ouverture.

Cette configuration est à la fois pratique et désavantageuse pour ce que j'ai prévu de faire.

C'est plus simple pour surveiller Berthe puisque sa maison n'a qu'une seule sortie, mais c'est problématique pour jeter un coup d'œil dans son jardin.

Mais bon, on verra ça le moment venu.

Dix minutes après qu'elle a disparu de la fenêtre principale, la porte d'entrée s'ouvre et Berthe sort en tirant un chariot de courses. Dès qu'elle se trouve hors de ma vue, je fourre mes jumelles dans mon sac, je cours à l'arrière de sa maison et je m'avance vers le chêne le mieux placé.

Quand j'étais beaucoup plus jeune et insouciante, avant la mort de maman, j'étais un peu garçon manqué. Pendant que Véro lisait, que Cat faisait ses devoirs et que Flo jouait avec son ours en peluche, moi, je traînais avec les gars du quartier. On faisait du vélo ou du roller, on jouait au foot et on grimpait aux arbres.

Espérons que mon corps se souvienne encore de ces capacités d'il y a vingt ans !

J'attrape la branche au-dessus de ma tête. Je cale mes pieds dans l'angle formé par la branche et le tronc. Après les avoir logés là, je me hisse vers le haut et place mes jambes de chaque côté de la branche. Une fois bien positionnée, et que ma tête dépasse le mur couvert de vignes, j'inspecte le jardin.

Il est effectivement grand.

Je me lance dans un inventaire des plantes que j'y vois : tomates, romarin, rhododendrons, arbres fruitiers, rosiers. Aucun aconit en vue. Mon regard glisse vers un massif d'orangers du Mexique près du mur. Et si Berthe cultivait son aconit entre ces buissons et le mur, à l'abri des regards indiscrets ?

Agissant avant de réfléchir, je saute de l'arbre et gémis au moment où mes pieds touchent le sol. Pendant un court instant, je m'appuie contre le tronc et ferme les yeux.

Je le fais ? J'y vais ?

Mes paupières s'ouvrent et mes poings se serrent.

Allez, c'est parti !

Faisant fi de mon appréhension, je fais de longues enjambées en direction du mur de briques. Il est chaud et sec au toucher, et rugueux sous mes doigts. Le mur est assez haut, mais pas tant que ça. Le voisin footeux de Berthe, sans doute plus fort que moi mais aussi plus lourd et encombré par son gros ventre, avait bien réussi à le grimper, non ? Il n'y a pas de raison que je n'y parvienne pas.

J'attrape un pied de vigne et le tire d'un coup sec. Ça a l'air solide. J'en teste quelques autres. Ils sont entrelacés et épais. Ils feront l'affaire. En me hissant à l'aide des vignes, j'arrive à grimper jusqu'au bord du mur. Mes compétences en escalade sont un peu rouillées mais je n'ai pas complètement perdu la main. Je glisse sur le bord, balance les jambes et saute.

Ta-da !

Dans ma tête, je divise le jardin en quatre et commence à inspecter la première zone à la recherche de l'aconit. Le quartier est très calme. Je suis quasiment sûre que j'entendrai Berthe quand elle déverrouillera la porte et fera rouler son chariot dans la maison. Pendant qu'elle rangera ses courses, je m'enfuirai par le même chemin qu'à l'aller.

Je regarde ma montre. Berthe ne sera pas de retour avant une vingtaine de minutes, voire plus.

Ayant terminé le premier quart, j'entame le second quand un faible bruissement derrière moi me fait me retourner. C'est Berthe qui court vers moi.

Mais quoi ?

Je l'avais vue partir ! Elle est revenue quand ? Pourquoi je ne l'ai pas entendue ? Y a-t-il une porte cachée quelque part ?

Et c'est qu'elle est rapide en plus !

Inutile d'essayer de s'échapper. Je devrais plutôt utiliser les quelques secondes dont je dispose pour inventer une excuse.

— Que faites-vous dans mon jardin ? me demande Berthe, un peu essoufflée, dès qu'elle est assez proche.

Sans trouver mieux, j'énonce l'évidence.

— Je me suis introduite chez vous. Et j'en suis désolée.

Elle ricane.

— D'accord, je vais reformuler. Pourquoi vous êtes-vous introduite chez moi ?

Je me creuse le cerveau.

— Parce que… parce que…

— Ça a un rapport avec la mort de Maurice ?

Je suis obligée de l'admettre.

— Oui.

Elle m'observe pendant un long moment, la bouche pincée et la mâchoire contractée. Va-t-elle appeler les flics ? Une partie de moi, celle qui a la trouille, espère que c'est exactement ce qu'elle fera.

Son expression s'adoucit.

— Bon, pas besoin de vous faufiler chez moi comme une voleuse. Entrez et on va discuter comme la dernière fois. Je n'ai rien à cacher.

— Merci, mais… Ça ne va pas être possible. Je dois y aller, je vais être en retard.

— Ça ne sera pas long.

Elle sourit avant d'ajouter :

— Je ne mords pas, vous savez. Vous venez ?

Bah, non.

J'ai vu *Millenium : Les hommes qui n'aimaient pas les femmes*. Vers la fin de ce film, il y a une scène où l'assassin sociopathe invite l'enquêteur, Michael Blomkvist, à entrer dans sa maison pour discuter. Même si Blomkvist a de gros soupçons et s'attend au pire, ses bonnes manières le conduisent droit dans la gueule du loup. Les gens bien élevés détestent dire non. Ils ont tellement horreur d'offenser qu'ils se sacrifient sur l'autel de la politesse. Ils sont programmés comme ça.

Flash info : cette fois-ci, je ne vais pas laisser la fille bien en moi l'emporter.

Je lève le menton.

— Je vous remercie mais je vais y aller.

— Par-dessus le mur ?

Elle montre la maison du doigt avec un sourire sarcastique.

— Ça serait quand même plus simple de passer par la maison.

Je secoue la tête.

— D'accord, attendez ici, dit-elle. Je veux vous montrer quelque chose.

Je commence à objecter mais elle m'interrompt :

— Croyez-moi, il faut que vous voyiez ça. Je vais l'apporter ici.

Elle trottine vers la maison. Je me dis que je ferais mieux d'escalader le mur tout de suite et de rentrer chez moi. Je devrais vraiment le faire. C'est le plan le plus sûr qui s'offre à moi. Et si elle revenait avec un couteau de boucher ? Ou pire, un flingue ?

Berthe émerge avec une boîte à biscuits en aluminium entre ses mains.

Si je veux m'enfuir, c'est ma dernière chance.

Quoique… Sa robe n'a visiblement pas de poches où elle pourrait cacher une arme ou un couteau. Et, d'après la façon dont elle porte la boîte, on voit bien qu'elle est très légère. Le seul type d'arme qu'elle pourrait contenir serait un pistolet en plastique fabriqué avec une imprimante 3D. Ce qui, avouons-le, est totalement farfelu comme hypothèse.

Je parie que la boîte contient de vieilles coupures de presse ou des photos.

Je veux les voir.

Me maudissant, je sors mon portable. Je vais envoyer un texto à Flo pour lui dire où je suis, au cas où. Au moment où je commence à taper, une autre idée me vient. Et si Berthe disait quelque chose de précieux qu'elle ne répèterait pas devant les gendarmes ?

Julie, tes priorités !

J'ai honte de leur ordre, mais j'abandonne le texto pour chercher l'appli qui permet de faire un enregistrement audio. Ma nervosité m'empêche de le trouver facilement, mais si je me concentre…

Une main étonnamment forte me couvre la partie inférieure du visage d'un chiffon humide et odorant.

C'est quoi ce bordel ?

Je repousse Berthe et je cours vers le mur, mais avant que je puisse l'atteindre, ma vision se brouille, mes jambes chancellent et je tombe dans l'herbe.

28

En me réveillant, j'ai un monstrueux mal de tête et un horrible goût de médicament dans la bouche.

Et... mon Dieu... je suis bâillonnée ! J'ai un haut-le-cœur.

Pas de panique, Julie, c'est pas ça qui va t'aider. Reprends-toi !

L'odeur d'éther n'est plus là, chassée par un mélange de détergent, de peinture et d'eaux usées.

Je suis sonnée. J'ai froid.

Étendue sur un sol dur, mes mains sont attachées dans le dos. Mes pieds aussi sont ligotés.

Mon estomac se retourne encore et encore.

Combien de temps s'est écoulé ?

J'ouvre les yeux avec beaucoup de peine.

Je suis dans une cave spacieuse, cimentée du sol au plafond. Elle est illuminée par une petite ampoule grésillant au milieu du plafond. Je me tortille et j'étudie les murs. Aucune fenêtre.

Je sens du sang s'écouler sur mon visage et une sueur froide couvrir mon front. Mes habits sont maculés de terre et d'herbe et mon corps me fait souffrir de partout, surtout le long de ma colonne vertébrale.

Je déplace mon regard vers le sol. À côté de moi, il y a un trou d'évacuation, ce qui explique l'odeur. J'aperçois un piège à souris dans le coin. À ma gauche, une grande armoire métallique est installée contre le mur. À quelques mètres sur ma droite, il y a une étagère avec des fournitures empilées : des pots de peinture et des rouleaux de papier peint. Contre le mur opposé, se trouvent un établi avec des outils, et un lave-linge à chargement frontal qui ronronne à ses côtés.

C'est là que je la vois, *elle*.

Berthe est assise sur une chaise adossée au mur d'en face. Elle a l'air… endormi.

Soudain, elle relève la tête et se donne de petites claques sur les joues. En s'appuyant sur son siège, elle se met debout.

— C'est tout ce chloroforme pour que tu restes tranquille, dit-elle en boitillant vers l'établi. J'ai fini par en inhaler aussi.

Elle éclate de rire.

Son ricanement s'arrête abruptement lorsqu'elle scrute ses outils.

— Voyons voir…

C'est ici que je vais mourir.

Pas parce que j'ai été trop polie pour décliner son invitation, mais parce que j'ai été trop curieuse et trop bête pour ne pas m'enfuir quand j'en avais encore la possibilité.

Réaliser à quel point ma situation est critique envoie une méga dose d'adrénaline à mon cerveau. Les yeux fixés sur Berthe, je parviens à m'asseoir. Aussi vite que je le peux, je me glisse dans le coin entre le mur et l'armoire de rangement. Puis je gigote un peu plus, pour que mon dos soit contre le bord de l'armoire.

Berthe hésite entre la hache et le tournevis, avant d'opter pour le second.

— Tout ça, c'est de ta faute, Julie !

Elle s'approche de moi en tenant l'outil comme un couteau.

— T'aurais pas dû fourrer ton nez dans ce qui ne te concernait pas. T'aurais dû écouter mes menaces.

Je hoche la tête, en frottant mes liens contre le coin de l'armoire.

— Je ne suis pas un monstre, tu sais, dit-elle. Je ne tue pas les gens pour le plaisir.

Elle grimace avant d'ajouter :

— Si tu crois que c'est facile…

Je secoue la tête pour lui montrer que je ne le crois pas.

Voit-elle ce que je fabrique dans mon dos ?

Probable. Mais, à ce stade, je m'en fiche. Je frotte plus fort, ignorant la douleur de la corde qui m'entaille la chair.

Elle jette un œil à mon torse puis à son tournevis.

— En plus, je déteste salir chez moi !

J'essaie de dire que je n'aime pas salir non plus, mais il n'y a qu'un son étouffé qui sort.

— C'est pour ça que je vais te poignarder, dit-elle, au lieu de te fracasser la tête.

Je fronce les sourcils et plisse les yeux en tournant la tête d'un côté puis de l'autre. J'espère qu'elle comprendra la question que je brûle de lui poser.

Pourquoi ?

— Parce que si je te laisse partir, tu ne vas jamais t'arrêter de t'acharner.

Elle a compris ma question silencieuse…

— T'as fait que fouiner, poser des questions à tout le monde, poursuit-elle. T'as convaincu les gendarmes d'ouvrir une enquête… Si je t'avais laissée t'échapper quand je t'ai trouvée dans le jardin, t'aurais couru à la gendarmerie et usé de tes charmes pour que les flics s'intéressent à moi, qu'ils fouillent ma maison.

Elle secoue violemment la tête.

— Je peux pas les laisser faire ça.

Pendant qu'elle parle, je continue à frotter de toutes mes forces. La douleur me transperce les poignets mais je l'absorbe. Ma panique s'est transformée en une rage désespérée. Elle circule dans mes veines et me donne l'énergie nécessaire.

Berthe se penche vers moi en balançant son bras.

Je recule, lève les jambes, et la pousse du plus fort que je peux. Elle trébuche et atterrit sur les fesses.

En bondissant sur mes pieds, je frotte, frotte, frotte.

Maladroitement, elle se remet debout et fonce sur moi. Sentant la corde faiblir, je frotte comme une forcenée. J'y suis presque. Berthe aussi. Je devrais me baisser…

Avec un bruit sourd, la corde cède.

Maintenant, je me baisse.

J'entends le tournevis cogner contre l'armoire, métal hurlant contre le métal.

Berthe lâche un juron et balance à nouveau son bras. Je lui assène un coup de poing dans l'estomac. Elle se plie en deux. Ça me prendrait trop de temps de défaire la corde autour de mes chevilles, alors je sautille vers l'étagère où se trouvent les fournitures.

Berthe se lance encore une fois sur moi.

J'attrape d'une main un rouleau de papier peint encore enveloppé de cellophane, et de l'autre main un pot de peinture. Il est trop léger, il ne doit même pas être rempli à moitié. Mais je n'ai pas le temps de l'échanger contre un autre plus lourd. Berthe est trop proche.

Je me mets à tourner, en agitant mes armes improvisées. Mes compétences en escrime sont nulles, et je ne connais rien aux techniques d'autodéfense. Mais le simple fait d'être armée et prête à répliquer prend Berthe par surprise. Elle hésite un instant.

Je balance le rouleau de papier peint et rate ma cible, perdant presque l'équilibre.

En hurlant avec le désespoir de quelqu'un qui n'a plus rien à perdre, Berthe se jette sur moi.

Je donne un coup de pot de peinture. Encore raté, mais le couvercle s'envole et la peinture lui éclabousse le visage. En criant, elle fait un pas en arrière et se frotte les yeux frénétiquement.

Un aboiement insistant résonne dehors. Je crois le reconnaître.

Ça ne serait pas… ?

J'arrache le bâillon et je crie de toutes mes forces.

— À l'aide ! Je suis là ! Aidez-moi !

— Ouvrez !

C'est la voix de Flo !

— On sait que Julie est là. On appelle les gendarmes !

C'est Rose !

Berthe regarde la porte du sous-sol. J'appelle de nouveau à l'aide.

Son visage se contorsionne, et elle charge sur moi, tournevis en l'air, pour me poignarder.

Je laisse tomber le pot de peinture et lance le rouleau de papier peint. Il lui heurte la tête et la déstabilise un moment. Je me jette sur elle. Je saisis son poignet droit de mes deux mains. Nous nous débattons. Berthe essaye de dégager sa main pour pouvoir me poignarder. Je me tortille pour protéger mon flanc du tournevis.

Heureusement elle est plus petite que moi !

Mais je suis désarmée et mes chevilles sont attachées, ce qui me rend plus vulnérable. Elle me frappe au tibia. Je hurle de douleur mais je réussis à rester debout. Elle donne des coups à répétition jusqu'à ce que je m'écroule.

J'entends le bruit d'une vitre cassée au-dessus de nous.

Flo a dû briser l'une des fenêtres de la maison pour entrer. Avaient-elles des barres ? Je ne me souviens plus.

La panique écarquille les yeux de Berthe.

— À l'aide ! crié-je. Je suis en bas !

La porte de la cave s'ouvre. Lady accourt et s'attaque aux chevilles de Berthe. Le chien le plus doux du monde a dû sentir que Berthe m'attaquait, et ses instincts protecteurs se sont réveillés. Je n'ai pas d'autre explication.

Berthe donne un coup de pied à Lady, envoyant la pauvre louloute valser à l'autre bout de la pièce. Mais Flo lui saute dessus par-derrière. Un instant plus tard, Rose rejoint la mêlée.

Le temps que deux gendarmes arrivent dans leur Peugeot Partner bleue, Berthe est mise hors d'état de nuire.

Je vais les chercher devant la maison et les emmène dans le salon où Berthe est vautrée sur le canapé, flanquée de Flo et Rose et surveillée par Lady.

29

Un peu nerveuse, je suis le capitaine Adinian de son bureau jusqu'au couloir de la gendarmerie de Beldoc.

Il m'en veut toujours.

De retour de Camargue, il est passé à la pâtisserie hier à 20 heures, au moment de la fermeture. Il m'a dit qu'il fallait que je m'attende à comparaître comme témoin au procès de Berthe. Je vais recevoir une lettre du magistrat. On me posera beaucoup de questions.

En allant vers mon vélo, je lui ai répondu que je coopérerai entièrement. Quand je me suis retournée pour lui dire au revoir, il m'a informée qu'il n'en avait pas encore fini avec moi. Sans cérémonie, il m'a amenée au bistrot d'à côté. Et là, au lieu de me dire toute l'admiration qu'il éprouvait pour mon travail de détective, il m'a remonté les bretelles.

Son sermon a principalement porté sur les dangers de la désinvolture des civils en général, et sur l'extrême idiotie de mon comportement en particulier.

Bon, il n'avait pas entièrement tort.

C'est peut-être pour ça que j'ai détesté cette conversation du bout en bout.

Même le feu dans ses yeux n'a pu le racheter. Il a continué de me faire la morale comme si j'étais une gamine et qu'il était le seul adulte dans la pièce. Il a dit que je n'aurais pas dû aller chez Berthe. Que je n'aurais pas dû me prendre pour une représentante des forces de l'ordre ou pour une détective privée formée et expérimentée. J'aurais dû attendre qu'il soit rentré de Camargue et partager mes doutes avec lui.

Encore une fois, ce n'était pas faux.

En fait, je m'en voulais beaucoup pour mes erreurs de jugement… jusqu'à ce qu'il me mette le nez dans ma merde. Tout ce qu'il a réussi à faire, par un effet pervers, a été de réveiller mon esprit de contradiction et d'éroder mes regrets. Consciente que je racontais des conneries, je lui ai sorti que j'avais agi en bonne citoyenne dévouée à la justice et à l'état de droit.

En vérité, je voulais juste l'énerver assez pour qu'il parte. Mais quand j'ai vu qu'il restait, je lui ai annoncé que j'en avais assez entendu et j'ai filé. En pédalant sur mon vélo, je me suis promis d'éviter à l'avenir de faire des trucs qui pourraient m'attirer les foudres d'Adinian.

Mieux encore, de l'éviter tout court.

Mais ce matin, quand il m'a appelée, j'ai mis cette résolution de côté. La proposition qu'il m'avait faite valait bien de passer encore quelques heures en sa compagnie. Heureusement pour moi, Adinian avait décidé qu'il ne me méprisait pas assez pour laisser Berthe, toujours en détention à Beldoc, être transférée à Arles sans que je ne puisse lui parler.

En d'autres termes, il me donne l'occasion – ce qui est assez gentil, je dois l'admettre – de poser à Berthe toutes les questions que j'avais envie de lui poser la dernière fois. En cette occasion mémorable, le bâillon à ma bouche m'avait compliqué la tâche. Et le tournevis dans sa main s'était révélé une trop grande distraction.

Adinian et moi descendons au premier puis au rez-de-chaussée, avant de tourner dans un couloir sur la droite.

Il y a deux jours, quand Berthe a failli me tuer, les gendarmes ont fouillé sa maison. Ils ont trouvé de la poudre d'aconit, cachée dans un sac en plastique, lui-même dissimulé dans une boîte à biscuits au fond d'une étagère de sa cuisine. Ils ont aussi décelé des traces de la toxine sur des ustensiles qui auraient servi à fabriquer la poudre.

Dans son jardin, ils ont découvert la plante.

Adinian a demandé au médecin légiste qui s'occupait de l'autopsie de Nadia Sauve de faire un examen toxicologique. Celui-ci a révélé la présence d'aconit dans son sang et dans le contenu de son estomac. Le médecin a déclaré un empoisonnement ayant entraîné un arrêt cardiaque comme cause de son décès, et non une crise cardiaque « classique ».

La maison de Maurice Sauve a également été fouillée, et de minuscules traces d'aconit ont été trouvées dans sa cuisine.

Berthe a avoué le meurtre de Maurice mais a nié avoir empoisonné son ex-femme.

Adinian et moi atteignons la partie du couloir fermée par une grille en métal.

Il explique aux gendarmes en uniforme de l'autre côté que je suis la cheffe pâtissière qui a démasqué et neutralisé l'empoisonneuse Berthe Millon. Les gendarmes me dévisagent avec des sourires approbateurs.

Pendant qu'ils nous ouvrent la grille, j'observe Adinian.

Je rêve ou c'est sa manière tordue de me faire un compliment ?

Je suis Adinian dans la salle d'interrogatoire où nous nous asseyons côte à côte autour d'une table nue. Quelques minutes plus tard, un gendarme fait entrer Berthe. Elle a l'air chétive, sous la lumière crue de la salle. On dirait qu'elle a rapetissé. J'ai presque pitié d'elle.

Elle prend place face à nous et fixe mes poignets bandés.

Je cache mes mains sous la table.

— Vous permettez que je vous pose quelques questions ?

— Sur quoi ? demande-t-elle en haussant les épaules. J'ai déjà tout avoué.

— Il y a encore deux-trois choses qui restent floues dans cette histoire.

— Lesquelles ?

— Comment avez-vous su pour le Fragonard et pour l'argent ? lui demandé-je. Vous avez vu le tableau dans le grenier de chez Huguette et puis entendu parler de la vente aux enchères ?

Elle secoue la tête.

— Maurice m'a emmenée dîner après être rentré de son année à l'étranger. Et pas dans un resto quelconque ! C'était le nouvel endroit branché qui a ouvert en haut de la Butte Royale, Le Gaulois réfractaire.

— Je le connais ! On m'y a emmenée il y a quelques jours, fais-je remarquer.

Adinian me regarde avec un drôle d'air.

— La première fois, j'ai mis ça sur le compte de sa longue absence, dit Berthe. Je me suis dit que j'avais dû lui manquer.

— Pourquoi, ce genre de choses n'était pas dans ses habitudes ?

— Il m'avait jamais invitée à dîner avant ça. C'était un vrai radin, dit-elle en ricanant. C'est de famille.

Je ne peux pas m'empêcher de sourire en entendant son autodérision.

— Bref, poursuit-elle, un peu plus tard, il m'a emmenée dans un autre restaurant chic. Et puis il m'a acheté un petit cadeau sans raison. C'était vraiment bizarre.

Je penche la tête sur le côté.

— Vous étiez la seule famille qui lui restait. Il voulait peut-être vous montrer l'affection particulière qu'il vous portait.

— C'est vrai que ça m'a traversé l'esprit, admet-elle sans une once d'émotion dans la voix. Mais il invitait tout le temps Charline dans des endroits classe, elle aussi. Donc ne me parlez pas d'affection particulière !

— Fais du bien à un vilain, il te chie dans la main, marmonne Adinian.

— Il n'avait jamais emmené Nadia dans des endroits comme ça, dit Berthe en ignorant son sarcasme. Et pourtant il avait un emploi à l'époque où il lui faisait la cour.

Je rapproche ma chaise de la table.

— Donc vous vous êtes dit que c'était louche.

— Il prétendait qu'il rationnait son indemnité de départ et ses économies jusqu'à ce qu'il trouve un nouveau boulot, dit-elle avec un rictus. Pourtant, Charline et lui sortaient tous les soirs et faisaient leurs courses au magasin bio. Moi, j'appelle pas ça « rationner ».

— C'est là que vous vous êtes dit qu'il cachait quelque chose, n'est-ce pas ?

— J'ai téléphoné à la Croix-Rouge pour leur demander s'il avait travaillé pour eux.

— Seulement un mois, dis-je. Je les ai appelés aussi pour leur demander la même chose.

Elle hoche la tête avant de demander :

— Vous avez su ce qu'il a fait du reste de son année à l'étranger ?

— Le tour du monde, répond Adinian.

— Le veinard ! lâche-t-elle. Du coup, je me suis demandé d'où il sortait tout cet argent. Aurait-il vendu un de ses reins ou un autre organe pendant son séjour à l'étranger ?

Je lui pose ma question suivante en essayant de rester neutre et de la faire sonner comme une simple observation.

— À ce moment-là, vous ne projetiez pas encore de le tuer, n'est-ce pas ?

— T'avise pas de me juger, petite princesse pourrie gâtée ! grogne-t-elle en grinçant des dents.

Il n'y a plus rien de chétif chez Berthe tout à coup. En fait, on dirait que ses incisives sont en train de pousser et de s'aiguiser, et que de la bave sanguinolente va commencer à s'écouler de sa bouche.

Je lève les mains en signe de conciliation.

— Je ne vous juge pas.

C'est un mensonge, et nous le savons toutes les deux, mais mon envie d'entendre la fin de son histoire est trop forte.

Apparemment, son besoin de raconter sa version des faits l'est tout autant.

— Je suis passée chez lui un soir, l'automne dernier, dit-elle, pour prendre un verre. Il y avait des lettres posées sur son guéridon d'entrée. Quand il est allé aux toilettes, j'ai couru voir ce que c'était. Comme l'une des enveloppes était ouverte, j'ai lu la lettre qui était dedans.

— C'était de la part des experts en art ou de la maison de vente aux enchères ?

— Non, ça venait de sa banque.

Elle prend un ton excessivement obséquieux avant de continuer :

— Cher monsieur Sauve, nos meilleurs agents sont à votre disposition pour vous conseiller dans vos futurs placements et pour discuter de ceux en cours.

Sa bouche se tord un peu plus.

— Voici votre carte Visa Gold gratuite. Et voici votre numéro de concierge VIP privé qui sera à votre service jour et nuit. Et voici un fouet incrusté de diamants pour nous fouetter si jamais on ne vous lèche pas assez bien le derrière.

Un rire m'échappe.

Quel dommage que cette femme ait des penchants meurtriers. Elle aurait pu être humoriste ou comédienne. Ou encore politicienne. Elle vise plus juste que la plupart d'entre eux.

— Il aurait dû me dire la vérité, déplore-t-elle. Partager l'argent. Mais non, il a préféré tout garder pour lui et me balancer quelques miettes, comme si j'étais un chien errant qui lui faisait pitié.

Adinian pose ses mains sur la table.

— Le tableau était son héritage. Sa mère le lui avait légué. Vous êtes sa cousine, pas sa sœur, madame. Il n'avait aucune obligation légale de partager quoi que ce soit avec vous.

— Et qui a laissé le tableau à Huguette à votre avis ? demande Berthe en louchant. Comment on peut savoir que notre grand-père, à Maurice et moi, ne l'avait pas laissé à ma mère, et que Huguette ne le lui avait pas volé ?

Adinian soupire d'un air fatigué.

— Parce que ni votre grand-père ni ses filles n'avaient la moindre idée de sa valeur.

Je demande à Berthe :

— Aviez-vous déjà essayé d'empoisonner Maurice auparavant ? Peut-être vers la fin de l'automne dernier ou en hiver ?

Elle penche la tête et me fixe.

S'il te plaît, dis oui !

Attends, quoi ? Non ! Non, non, non !

Je retire ça. Si elle dit oui, ça voudra dire que mes *cinémagraphes* n'étaient pas des hallucinations. Ça voudra dire qu'ils sont réels, que Cat avait raison depuis le début, ce qui enclenchera un séisme dans mon monde.

Faites qu'elle dise non !

— Vous êtes beaucoup trop curieuse, dit-elle. Ça causera votre perte.

Pendant une seconde, j'hésite à lui reposer la question et à insister, mais je change d'avis.

Oui, je suis une lâche.

— Peu importe, esquivé-je. Dites-moi plutôt, pourquoi vous n'avez pas confronté votre cousin ? Pourquoi vous ne lui avez pas demandé de partager l'argent ?

— Le courrier de la banque m'avait rendu si furieuse que…

Elle s'arrête, comme si elle n'était pas sûre de vouloir finir sa phrase, puis reprend.

— Je ne voulais plus une partie, ni même la moitié, de l'argent. Je voulais tout.

— Et en quoi c'était juste ?

— Au diable ce qui est juste ! Je voulais vivre le restant de mes jours dans le luxe, aller dans des spas, conduire une belle voiture, faire des voyages à bord de bateaux de croisière… Toutes ces choses qui étaient hors de ma portée, je les voulais.

Et maintenant, tu vas passer le reste de tes jours en taule !

Mais est-ce le moment de lui faire la leçon sur le pouvoir destructeur du matérialisme débridé et du consumérisme sans borne ?

J'aperçois une lueur maléfique dans ses yeux.

Non, je ne le pense pas.

— Comment vous êtes-vous débrouillée pour l'empoisonnement ? demandé-je à la place.

— Facile ! Je savais que Maurice adorait les macarons, et qu'il s'entraînait à les préparer dans les règles de l'art. Il m'a dit qu'il voulait améliorer sa technique.

Je confirme.

— C'est vrai, c'est pour cette raison qu'il s'est inscrit à mon atelier.

— Il m'avait prévenue qu'il lui restait juste assez de farine d'amande pour faire une petite fournée pour le lendemain matin, et que j'étais la bienvenue pour y goûter. Mais qu'il fallait qu'il passe ensuite au magasin bio pour en racheter.

— Je vois.

— Je lui ai proposé de lui en acheter et de lui apporter le lendemain, dit-elle. Comme ça, je pouvais tranquillement en faire ce que je voulais sans avoir à me faufiler dans sa maison.

— Malin ! Vous n'aviez pas les clés de chez lui, n'est-ce pas ?

Elle secoue la tête.

— Nadia avait toujours les siennes, je le savais, et il avait donné un trousseau à cette idiote de Charline. Mais pas à moi.

— Ça a été si facile que ça de l'empoisonner ? demandé-je.

— Un jeu d'enfant. J'ai même pas eu à passer du temps à resceller le sac parce qu'on peut acheter la farine d'amande en vrac dans les magasins bio !

Elle se frappe les cuisses en ricanant.

— C'est pas beau, ça ?

— Si, si.

— Le soir d'avant, j'ai mélangé la quantité parfaite d'aconit dans la farine d'amande et je suis allée chez Maurice. On a mangé les quelques macarons qui lui restaient, et je lui ai donné ma farine spéciale.

— Il a dû refaire une fournée avec la farine empoisonnée juste avant mon atelier, dis-je en pensant à haute voix.

— Plutôt quelques heures avant, rectifie Adinian. C'est le temps qu'il faut pour que les symptômes se développent.

Berthe s'assoit dans le fond de sa chaise en croisant les bras sur la poitrine. Elle a l'air presque fière d'elle-même.

Adinian tapote sur la table.

— Ce que j'aimerais entendre, c'est pourquoi vous avez tué Nadia Sauve.

— C'est pas moi ! s'écrie-t-elle. Il faut que je vous le répète combien de fois ?

Je regarde Berthe puis Adinian, et une idée commence à germer dans mon esprit.

— Et si… Et si le soir de sa mort, Nadia était allée chez Maurice à la recherche du testament d'Huguette ?

Il hausse les sourcils.

— Le testament d'Huguette ou de Maurice ?

— Elle ne savait pas que Maurice avait écrit un testament, dis-je. Mais elle était convaincue qu'Huguette avait laissé quelque chose à Kévin, vu comment elle aimait le garçon.

Adinian tourne sa chaise vers moi.

— Et comme la maison était encore en homologation testamentaire, Berthe ne pouvait pas y accéder. Donc elle n'a pas eu l'occasion de la nettoyer.

Je me penche en avant.

— Ce qui veut dire que les macarons empoisonnés étaient toujours posés là, accessibles.

— Et Nadia, pendant qu'elle fouillait la maison, a pu en manger un, dit-il.

Je hoche la tête.

Il fait face à Berthe.

— Vous n'avez jamais voulu tuer Nadia, n'est-ce pas ?

— Non, bien sûr que non !

— Sa mort était un accident, dis-je.

— Un dommage collatéral, me corrige Adinian avec de l'amertume dans la voix. Un dommage qui a privé un gamin de dix-huit ans de sa mère.

Berthe commente dans un rictus :

— Un riche gamin de dix-huit ans.

Soudain, le reste de pitié qui me restait pour elle s'évanouit.

En serrant mon sac contre ma poitrine, je me lève et je m'adresse à Adinian.

— Merci, capitaine, de m'avoir permis de poser ces questions.

Je devrais aussi dire merci à Berthe d'y avoir répondu mais je ne peux pas me résoudre à prononcer ces mots. En fait, je n'arrive même pas à la regarder.

— Au revoir Berthe, murmuré-je.

Quand le gendarme en uniforme ouvre la porte et qu'Adinian se lève, je décide que je ne me soucie plus de lui prouver mon sérieux, et je me carapate dehors.

30

Rose m'a appelée ce matin pour me dire que j'étais invitée chez elle ce soir. Nous allons fêter le cinquième anniversaire de Lady et la toute nouvelle terrasse de Rose, payée par son assurance.

C'est pour ça que je suis en train de pédaler en direction de sa maison. Flo est déjà là-bas, et quelques autres personnes aussi, m'a dit Rose. Éric était aussi invité mais il n'a pas pu venir. Il a quitté la boutique ce matin, une heure avant la fin de son service, après avoir reçu un appel. Il n'a pas dit de quoi il s'agissait. Quand je lui ai demandé si je pouvais l'aider, il m'a répondu que non. Quand je l'ai appelé il y a une heure, il n'a pas décroché.

J'espère qu'il va bien !

S'il n'est pas là demain matin et ne répond toujours pas, j'irai chez lui pour voir ce qu'il se passe. J'ai aussi prévu de rendre visite à Kévin. Les gendarmes et les magistrats sont tristement célèbres pour laisser les victimes et leurs familles dans l'ignorance des nouveaux développements des affaires qui les concernent. On a pu le constater à la mort de maman.

Je veux m'assurer que le gamin a les dernières informations concernant le décès de sa mère, au cas où la nouvelle affaire d'Adinian l'empêcherait de rendre visite à Kévin cette semaine.

Depuis notre dernière « conversation » avec Berthe, j'oscille entre la satisfaction et le regret. Mon intuition que la mort de Maurice Sauve n'était pas naturelle s'est avérée juste. J'ai eu des réponses à toutes mes réponses sur le « comment ». On a trouvé une explication à la mort de Nadia qui avait auparavant l'air complètement incongrue. L'affaire que la FREJ avait entrepris de résoudre a été résolue.

Il ne reste qu'une interrogation.

Ai-je bien fait de ne pas poser plus de questions sur la supposée première tentative d'empoisonnement ? Aurais-je dû pousser Berthe à me répondre ? Et si elle s'était confiée, aurais-je été prête à entendre ce qu'elle avait à me dire ? Ai-je envie de savoir si mon *cinémagraphe* était réel ? Et, s'il l'était, suis-je capable d'en assumer les conséquences ? Puis-je accepter le fait d'avoir un don ?

L'image de la flamboyante boutique de Cat me vient à l'esprit. Elle n'a pas seulement accepté son don, ou ce qu'elle croit être son don, elle le porte en étendard.

Serais-je encore… jalouse d'elle ?

Pas parce qu'elle peut vomir et moi pas, ça n'a plus aucune importance maintenant. Mais à cause de la façon dont elle gère sa différence.

Serait-il possible que derrière toutes mes moqueries, je sois jalouse de son acceptation d'elle-même ? Elle a le courage d'être médium, et elle n'a rien à faire de ce que les autres, dont je fais partie, pensent de cette occupation. J'ai toujours maintenu que c'était stupide de sa part d'avoir quitté son super job, et je le crois toujours. Mais c'était aussi très courageux ! Alors que moi… Ma peur du ridicule m'a empêchée de parler de mes *cinémagraphes* à qui que ce soit. Aucune de mes sœurs, ni Rose, et encore moins ma psy ne sont au courant.

Cette prise de conscience me met si mal à l'aise que je décide de ne plus y penser. Je ne suis pas prête. Je ne sais pas quand je le serai. Tout ce que je sais, c'est que les événements de ces dernières semaines m'ont fait descendre de mes grands chevaux et m'ont obligée à remettre en question un ou deux dogmes. On verra où tout ça me mènera.

*

La nouvelle terrasse de Rose ressemble trait pour trait à l'ancienne, la patine du temps en moins. Les nouveaux meubles, couverts également par l'assurance, sont même plus jolis que les anciens.

Je salue Rose et Lady, dont le collier a été troqué contre un joli ruban rouge. Je dis ensuite bonjour à Flo et à son coloc' Tino, à Marie-Jo du *Beldoc Live*, à Serge, à Sarah et à trois autres acolytes de Rose, ainsi qu'à ses voisins de gauche, ses voisins de droite, et ses voisins d'en face.

Rose me tend une flûte de mousseux.

Je sens tous les yeux rivés sur mes bandages au poignet.

— À tous ceux qui ne sont pas encore au courant ! s'écrie Flo en montrant mes poignets. Ça ne vient pas d'une tentative de suicide, mais d'une tentative de meurtre !

Au milieu des exclamations de surprise et des questions, Flo raconte à l'assemblée l'essentiel de l'affaire Maurice Sauve qu'elle a titré pour l'occasion : « L'affaire du macaron meurtrier. »

Quand elle arrive à la partie où j'étais sous chloroforme et ligotée par Berthe, elle gonfle la poitrine.

— Veuillez noter, s'il vous plaît, le rôle de Florence Cavallo dans le dénouement ! J'étais chez Rose. On venait juste d'apprendre que sa nouvelle terrasse allait être couverte par l'assurance, et on était en train d'appeler Julie pour lui annoncer la bonne nouvelle.

— Mais elle ne répondait pas, s'insère Rose.

— Julie décroche toujours quand c'est la famille. Même si elle est en train de pétrir, dit Flo en mimant ladite activité. Elle prend l'appel et met le haut-parleur.

— Ensuite, on a appelé Éric, reprend Rose. Il nous a dit que Julie n'était pas venue de la journée et qu'elle réglait quelque chose d'important.

Flo lève son index.

— C'est là que l'inspecteur Florence Columbo a attrapé Rose, qui a attrapé Lady, et qu'elles ont toutes les trois sauté en voiture et roulé tout droit chez Berthe.

— Comment as-tu su que j'étais là-bas ? demandé-je.

— Ha ! fait-elle en relevant le menton. J'ai pratiqué la déduction, bébé. Et aussi parce que je te connais par cœur.

— Allez, on veut les détails, dit Tino.

Tout le monde approuve.

Elle se tourne vers Tino.

— Tu te souviens quand on s'est rendu compte avec Julie que Maurice avait dû vendre *La chemise déboutonnée* pour deux millions ?

— Oui, répond Tino.

— Je me suis demandé : si j'étais Julie, que ferais-je avec cette information ? Où me mènerait-elle ? C'est là que je me suis souvenue de Berthe, la cousine de Maurice.

— Bien joué, Florence ! dit Marie-Jo à qui tout le monde fait écho.

Flo se tourne vers moi.

— Pas bête, hein ?

J'incline la tête.

— Dis-le, je veux te l'entendre dire.

Je fais de mon mieux pour rester sérieuse.

— Dire quoi exactement ?

— Dis : « Florence, tu es la plus intelligente des sœurs Cavallo, plus intelligente que les trois autres, moi y compris. C'est toi qui nous as sauvé la mise. »

Je commence consciencieusement :

— Florence Cavallo, tu es la personne la plus intelligente de tout l'univers connu et c'est toi qui…

Rose remue son index de droite à gauche en claquant de la langue.

— J'aimerais rappeler à tout le monde que c'est Lady qui leur a sauvé la mise !

— C'est vrai, admet Flo avec magnanimité.

Je m'accroupis à côté de la chienne.

Debout sur les pattes arrière, Lady me fait un câlin et une léchouille.

— Merci, ma chérie ! m'exclamé-je. Je te suis tellement reconnaissante ! Et je suis sincèrement désolée de t'avoir traitée de poule mouillée une fois.

— Ce n'était pas qu'une fois, me corrige Flo, toujours aussi serviable.

— Tout est pardonné, répond Rose à la place de Lady. Écoutez-moi tous, buvons à la santé de mes cinq petites-filles !

Cinq ? Ah oui : les quatre petites-filles humaines et la canine.

Tout le monde lève son verre.

Rose saisit le sien.

— Au courage de Lady, à l'intelligence de Flo et à…

Elle hésite, et je laisse tomber ma tête sur la poitrine, en me préparant à quelque chose comme « la témérité » ou « l'imprudence ».

— À la délivrance de Julie, dit finalement Rose dans un élan de compassion.

Nous buvons.

— Avouez-le, les filles, dit Tino en s'adressant à Flo et à moi, vous avez quand même apprécié mener une enquête, malgré le risque.

Je m'éclaircis la gorge.

— Je n'irai pas jusqu'à dire que j'ai apprécié – *c'est faux, en vrai j'ai adoré !* - mais disons que résoudre cette affaire m'a apporté de la satisfaction.

— Ça, c'est sûr, dit Flo. Je parie que tu vas vite rechuter.

Rose, qui s'apprêtait à resservir Serge, pose la bouteille de champagne sur la table basse.

— Hors de question ! C'est beaucoup trop dangereux. Vous excuserez la métaphore minable, mais la FREJ est cuite.

Je confirme :

— Sucrée et mangée.

— Digérée et oubliée, rajoute Flo. Comme si elle n'avait jamais existé.

J'écarquille les yeux en faisant semblant d'être confuse.

— C'était quoi déjà la FREJ ?

La bouche de Tino s'étire en un grand sourire adressé à Flo.

Parfois, je me demande si Flo et lui sont plus que de simples colocataires. Seraient-ils amoureux ? Tino est plutôt beau garçon et il est marrant, mais compte tenu que tous les ex de Flo étaient des grands blonds aux cheveux bouclés, Tino n'est pas son genre. Si je devais parier sur la relation qu'ils ont, je dirais de très bons amis, sans « bénéfices ».

Mais là encore, je pourrais me tromper.

— C'est dommage que tu n'aies pas voulu que j'invite Denis Noble à ce rassemblement, dit Rose. Il est devenu un si beau et si poli jeune homme ! C'est d'une telle rareté de nos jours !

Je ne sais pas comment elle a découvert que j'étais allée dîner avec lui, et elle ne me le dit pas.

Pour être honnête, j'avais réfléchi à sa suggestion. Quand il m'a appelée hier soir, j'allais lui proposer de venir, mais finalement je ne l'ai pas fait.

Connaissant ses intentions, je dois faire attention. Denis coche toutes les bonnes cases. Je ne vois pas pourquoi je ne voudrais pas sortir avec lui si j'étais mentalement disponible. Pourtant, j'en ai fini avec Bruno. Mais je suis encore en deuil de mon mariage raté. Le plus dur à accepter, c'est que Julie Cavallo, la première de cordée à qui tout réussit, a connu un tel échec dans un domaine aussi important de la vie.

Alors avec Denis, je pense que c'est encore trop tôt. Je ne veux pas l'encourager à ce stade, j'ai besoin de plus de temps. C'est exactement ce que je réponds à Rose.

— Je comprends, ma chérie, dit-elle en me serrant la main. Au fait, j'ai eu Véro au téléphone hier soir, et Cat ce matin. Tu devrais les appeler.

— J'ai parlé à Véro il y a deux jours, dis-je.

Elle incline la tête sur le côté.

— Et Cat ?

— Je l'appellerai demain.

Je n'irai pas jusqu'à partager avec elle ma récente révélation ou m'excuser de lui en avoir voulu, mais je vais essayer de recoller les morceaux entre nous.

Marie-Jo se tourne vers moi.

— J'imagine que Véro et Cat sont vos sœurs ?

J'acquiesce.

— Cat est sa jumelle, dit Rose.

Les yeux de Marie-Jo s'élargissent.

— Vous avez une sœur jumelle ?

— Oui.

— Mais vous ne m'avez jamais parlé d'elle avant !

C'est vrai que nous avons beaucoup discuté toutes les deux ces dernières semaines – Marie-Jo prend son café et son croissant sur le chemin du travail. Mais ça reste limité à de brefs badinages. J'évite de trop me dévoiler dans ce genre d'échanges. En y réfléchissant, j'évite de trop de me dévoiler dans tout genre d'échanges…

Je souris poliment.

— Vous en êtes sûre ?

— Sûre et certaine, dit-elle. Les jumeaux sont bien connus pour avoir une connexion très spéciale, presque surnaturelle, je me trompe ?

— C'est une légende urbaine.

Rose se lève.

— Je vais chercher le gâteau d'anniversaire dans la cuisine.

— Je vais t'aider, dit Serge en la rejoignant.

Sagement, Marie-Jo change de sujet de conversation.

— Ce pauvre Éric ! dit-elle. Cette histoire avec son père…

Le regard de Marie-Jo est plein de sympathie et d'anticipation, comme si elle s'attendait à ce que je sache de quoi il s'agit. Sauf que ce n'est pas le cas.

J'inspecte son visage à mesure que mes pensées bourdonnent. Il lui est arrivé quelque chose en prison ? C'est pour ça qu'Éric est parti à toute vitesse ce matin et qu'il est resté injoignable depuis ? A-t-il tué un autre détenu, ou essayé de s'échapper ? Et si un mafieux marseillais lui avait organisé une évasion spectaculaire comme on en voit à la télé, en lui envoyant un hélicoptère ?

Ouh là, doucement, Julie !

Brice Dol est peut-être un méchant type, mais je ne me rappelle pas de liens avec la mafia. En revanche, je me souviens bien de ce que Rose m'a raconté il y a six ou sept ans.

Aujourd'hui dans les médias, on appellerait ça un « féminicide », mais à l'époque, la presse locale l'avait qualifié de « crime passionnel ». Brice Dol, le père d'Éric, qui était devenu veuf quelques années plus tôt, avait tué sa nouvelle compagne dans un accès de jalousie alimenté par l'alcool et la drogue. Il avait été reconnu coupable d'homicide et condamné à huit ans de prison.

Éric ne parle jamais de lui. Il a effacé cet homme de sa vie. Je ne sais pas ce qu'il fera quand son père aura purgé sa peine et qu'il reviendra à la maison…

— Vous n'êtes pas au courant ? me demande Marie-Jo.
Flo se penche en avant.

— Au courant de quoi ?

— Brice Dol a été retrouvé mort ce matin, répond Marie-Jo. Je vais publier un article là-dessus dans l'édition de demain, mais je n'ai pas de détails pour l'instant. C'est tout ce que je sais.

Flo et moi échangeons un regard ahuri.

Rose ressort de la maison avec un gâteau dans les mains. Serge émerge à sa suite avec un plateau rempli d'assiettes et de cuillères.

Elle installe le gâteau au milieu de la grande table basse.

— Laissez tomber tout ce que vous faites et souhaitez un joyeux anniversaire à la plus jeune de mes petites-filles !

Nous entonnons un *Joyeux anniversaire*.

Rose scrute ses invités.

— J'espère que vous avez apporté des cadeaux pour Lady, dit-elle en arquant un sourcil. Pas de cadeau, pas de gâteau.

Connaissant Rose, je suis venue bien préparée.

Je sors de mon sac à dos un paquet joliment emballé d'os-jouets à mâcher que je tends à Rose.

Environ la moitié des invités sourient avec suffisance en plongeant les mains dans leurs sacs. L'autre moitié a l'air paniquée.

Rose éclate de rire.

— Je rigole ! Tout le monde aura sa part, que vous ayez ramené un cadeau ou pas !

Les gens soupirent de soulagement.

Mes pensées reviennent à Éric. Devrais-je lui rendre visite demain matin pour voir si tout va bien et lui proposer mon aide ? Mais à quel titre ? En tant que patronne, ou amie ?

Non, je devrais laisser ça à ses vrais amis, ça sera gênant sinon. Ce n'est pas mon rôle. C'est une mauvaise idée d'aller voir Éric demain.

Pour l'amour du ciel, Julie, tu sais très bien que tu vas y aller !

Je finis toujours par emprunter la voie la moins conseillée, tout en prenant soin de lister chacune des contre-indications.

Pourquoi je me comporte ainsi ?

Peut-être parce que les filles polies n'ont trouvé que ça pour faire un doigt d'honneur au monde…

Composé et édité par HarperCollins France.

Imprimé en avril 2022
par CPI Black Print (Barcelone)
en utilisant 100% d'électricité renouvelable.
Dépôt légal : mai 2022.

FSC
www.fsc.org
MIXTE
Papier issu de
sources responsables
FSC® C159065

Pour limiter l'empreinte environnementale de ses livres, HarperCollins France s'engage à n'utiliser que du papier fabriqué à partir de bois provenant de forêts gérées durablement et de manière responsable.

Imprimé en Espagne.